烏龜也上網

張之路◆著

賴　馬◆繪

目次

目次

第一章 7 王府井

第二章 19 奇怪的禮物

第三章 43 三分鐘

第四章 61 盲人和大飛機

第五章 79 「偉大」的橡皮膏

第六章 93 封住老師的嘴

第七章 105 新嶗山道士

第八章 121 弄巧成拙

第九章 133 幸運大獎

第十章 159 算命先生

第十一章 181 真假王府井

第十二章 199 穿越時空

第十三章 219 左手和右手

第十四章 239 玫瑰大使

第十五章 267 聰明的人

第十六章 293 過去與未來

第一章

王府井

王府井是大槐樹小學五年級一班的學生。

第一次聽到他的名字，常常讓人一愣，接著便是一笑，小時候的王府井不知道這是爲什麼。

王府井的爸爸是個很愛激動的人，也是個心氣兒很高的人。他一激動便做出許多莫名其妙的事情來，比如說給兒子起名字。

兒子出生已經七天了，名字還沒有起好。媽媽翻著字典，向爸爸報出一個個她認爲既響亮又有意義的名字，爸爸只是不停地搖頭。眼看到了半夜，媽媽賭氣地說：「這也不好，那也不行，乾脆就叫王府井算了！」

爸爸猛地抬起頭，兩眼開始放光，大約思考了三分鐘，突然站起來：「好！就叫王府井！」

誰都知道，王府井是北京一條著名的繁華大街的名字！

媽媽苦笑著說：「我是跟你開玩笑的，兒子怎麼能和大街起一個名字啊！」

爸爸連連揮手，他以爲這樣的名字能「光臨寒舍」，屬於「三生有幸」的事情，似乎是百年不遇，千載難逢一般。他斬釘截鐵地說：「這個名字好！大俗大雅！就這樣決定了！我的兒子就叫王府井！」

王府井的名字的確很響亮而且非常便於記憶。沒出幾天，整個街區都知道他們居住的地方產生了一個新的王府井。

王府井漸漸長大了，可惜他的身體和智力都沒有按照爸爸的願望成長；相貌既不英俊，口齒也不伶俐，與同年齡的孩子相比，身材還略矮略瘦一點，智商也略低略弱一點。除了名字之外，他是個非常非常普通的孩子，就像一粒砂子，落在沙灘上，轉眼就「無影無蹤」了……。

「唉！這孩子集中了我們倆的缺點，繼承了我們倆的弱勢基因！」爸爸常常失望地對媽媽說。

小時候，王府井不明白，別人第一次聽見他名字的時候爲什麼總是發笑。直到過六歲生日的那天，爸爸帶他來到王府井大街。

爸爸指著街頭那塊醒目的白底紅字的街牌說：「兒子！看——」

王府井盯著上面的字看了好半天，臉上露出古怪的神情：「這條大街怎麼也叫我的名字？」

「對！你們倆都叫王府井！一個是大街！一個是人！」

王府井有些茅塞頓開的樣子。他朦朦朧朧地明白了，聽見他的名字，人們為什麼總是發笑。他的名字不但響亮、好記，而且還有點好玩。

「爸爸！我不想叫王府井。」

「為什麼？」

「不好——」

「怎麼不好！挺好！」

……

「這條街為什麼叫王府井？」

「因為這條街上有一口井！」爸爸把王府井帶到那口井旁說。

王府井仔細地端詳著那口井，說是井，可是裡面沒有水，上面還罩著一個古色古香的蓋子。

「這是一口古井！」爸爸很內行地說：「王府井好吧？」又拍拍王府井的腦袋。

王府井忽然覺得自己和這口井有種親切的感覺，於是點點頭。

就這樣，王府井揹著書包，帶著這個好玩又好記的名字上了小學。一進小學，他便成了名人，不爲別的，只因爲他這個名字！

他這個名人當得很可憐也很可笑。

第一天宋老師剛一點到他的名字，教室裡便出現了一陣歡樂的騷動。宋老師也笑咪咪地奇怪這個「小東西」怎麼起了這麼個莫名其妙的名字。

「王府井，你們家是不是特別有錢啊？」一個叫麻雀的小姑娘問。

「我們家沒錢。」

「你們家有那麼多商店和銀行，還沒錢啊？」麻雀笑起來。

「王府井，每天有那麼多人到你們家去玩，你是不是特高興啊？」一個叫金豆的男生問。

「王府井，你爸爸是不是特別窮，想讓你發大財？」一個叫阿胖的小子不懷好意地問。

王府井不說話了，他知道別人在拿他的名字尋開心。

幸虧宋老師說：「我覺得王府井這個名字挺好的，我要是姓王，我也叫王府井！」

王府井咬著嘴唇，看著宋老師，心裡很感動。

可像宋老師這樣通情達理的畢竟只有一個人啊！下了課，同學們還是到處叫著王府井的名字，開著各種無聊的玩笑，把他當成一個經常性的娛樂節目。

回到家，王府井爲了他的名字哭了一場。媽媽很同情他，爸爸卻說：「你看，大家都記住了吧？這就是成功！說明名字起得好！電視裡做廣告最要緊的就是要讓別人記住！」

「咱們又不是做廣告！光名字好記頂什麼用？」媽媽說。

爸爸又激動起來：「你說對了！名字好記之後，產品的質量還要跟上！」

「你越說越玄乎了！咱兒子又不是商品！」

「不要插嘴，聽我說完。這兩件事是同一個道理，好聽好記的名字就是一個放大器。」說著，他轉身用手指著王府井說：「如果你什麼都落後，像個傻子或者笨蛋，本來不出名，可是王府井這個名字就會把你放大，讓你出名，讓全校老師和同學都知道有個小傻瓜叫王府井。如果那樣，王府井就是個很可笑的名字！可是如果你在班上能得第一，王府井就是個很帥的名字！如果在學校運動會上能得冠軍，王府井就是個很『酷』的名字！關鍵看你自己爭不爭氣！」爸爸激動的時候，說話根本沒有標點符號：「那個時候，大家再叫起王府井，感覺肯定不一樣，還會取笑你嗎？羨慕都來不及啊！」

王府井似懂非懂地點點頭。

王府井開始「爭氣」了，小學一年級的上半學期，他經常給家裡帶來一些讓爸爸媽媽又驚又喜的「爭氣」消息。

一會兒他的學習成績是全班第五名啦！

一會兒他被老師當衆表揚啦！受表揚的還有班長和學習委員，一共是三個人……，

一會兒他戴上紅領巾啦……，

一會兒他被選成小隊長啦……，

剛開始，當爸爸媽媽聽到這些消息的時候眞是笑在心頭、喜上眉梢啊！他們覺得王府井上了小學之後簡直是突飛猛進地進步！

慢慢地，不大對頭了。說戴上紅領巾，可是家裡連個紅領巾的影子也沒見著；說成績是全班第五名，可是作業上經常得到的卻是「×」……

媽媽來到學校向老師一問，根本不是那麼回事！

爸爸媽媽簡直憤怒到了極點，也痛苦到了極點。學習不好就算了，怎麼還多出一個撒謊的毛病！關鍵是撒謊還撒得有鼻子有眼！這是個品質問題啊！

他們決定要好好把王府井「修理」一頓！

幸虧宋老師學過心理學。她說：「有些孩子在年齡很小的時候，經常有一些幻覺，他們把一些幻想認爲是眞實的事情。眞實和幻想在他們心目中還沒有那麼太清楚的界限！因此，有些時候就常常說出一些不著邊際的話來……」

爸爸吃了一驚，百思不得其解地說：「這還了得！長大了還不成了個糊塗蛋？」

宋老師笑笑：「不會的，慢慢就會好的。」

「這不就是撒謊嗎？」媽媽問。

「有時候可能是，有些時候就不是。小孩子的成長就是這樣朦朦朧朧的，不能一概而論！」

聽宋老師這樣一說，爸爸媽媽心裡好過了一些。

「那就不管了嗎？」媽媽又問。

「還是要及時地給他糾正，但不能把他說的話都當成撒謊，要耐心地和他談談。另外，大人也不能對孩子過於嚴厲，小孩子被逼急了，就容易出現說謊話的毛病。王府井經常說這類的話，是不是爸爸媽媽對他的期望太高了？」宋老師很平靜地看著爸爸。

爸爸臉紅了。

王府井慢慢地長大了，也漸漸從幻想的天空中落到了現實的地面上，他不再能給家裡帶來什麼令人鼓舞的好消息了。

轉眼上到小學五年級，王府井的名字也不像原來那麼新鮮了。四年多的時間裡他既沒有得到過什麼第一，也沒有拿過什麼冠軍。慶幸的是他雖然不是什麼好學生，可也不是那種調皮搗蛋的「壞」學生。

如果真像爸爸說的，王府井這個名字是放大器的話，王府井沒有任何成績或者缺點是值得放大的……王府井是個中不溜秋的學生。

老師說起王府井只能說：「這孩子挺善良的……」

同學們說起王府井只能說：「脾氣是挺好的……」

此外，再也沒有什麼值得誇半天或者批評的東西了。

王府井表面上不動聲色，心裡卻很苦惱。他想做一個頂天立地的男子漢。願望是好的，可是他不知道該怎麼使勁，往哪兒使勁。

就在五年級開學不久的一天，王府井的生活裡發生了一件誰也沒有料到的事情；這件事情改變了王府井的命運；這件事的功勞應該記在那個喜歡「胡思亂想」的班主任宋老師的身上……。

第二章 奇怪的禮物

本來王府井今天上學是不應該遲到的，可他偏偏遲到了。說起來眞讓人生氣，簡直是鬼使神差！

中午時分，王府井走出家門。今天下午宋老師要給全班開總結會，總結開學以來班上發生的大事小事、好事壞事……。

王府井已經快走到學校了，腦子裡突然蹦出一件事，他答應借給麻雀一本卡通書，麻雀讓他今天下午一定要帶來。

王府井猶豫了一下。如果換個別人，王府井就會說，今天忘記了，明天再給你！可碰上麻雀，事情就麻煩得多。她會說，你是小氣鬼，根本不想借給我，不過是找個理由罷了。還會說，什麼男子漢！一點信用也不講！說得激動了，還會把你好幾年的事情統統給抖摟出來……，她會嘮嘮叨叨地讓你的一個下午不得安寧。想起麻雀那副永遠亢奮的怪樣子和那張永遠也不知道疲倦的嘴，王府井轉身向家裡跑去。

就在王府井往家跑的時候，麻雀正在教室裡召開「新聞發布會」。

麻雀不是綽號，她就姓麻，單名一個雀字。她的家長在起名字這個問題上有著和王府井爸爸同樣的思路，這個名字很傳神！麻雀不光是嘴總吱吱喳喳地叫個不停；她的身材也小巧玲瓏，小圓臉、小嘴巴，頭上梳著兩個緊巴巴的小辮子，裡面好像襯著鋼絲，總是有彈性地在腦袋上擺來擺去。

「你們知道今天下午幹什麼嗎？」麻雀一副神秘的表情。

「不是開總結會嗎？」金豆說。

「不對——」麻雀不屑地擺擺手。

同學們一起圍上來，關心地問：「那，今天下午幹什麼？」

麻雀故意不說，看看所有的人都在注意她了，這才把手指頭放在嘴上用氣聲說：「要開聯歡會！」

「妳算了吧！什麼節日都不是，開什麼聯歡會啊！」大家一起反駁她。

麻雀看見大家不信，「咚」的一下跳到椅子上：「你們敢不敢和我打賭？」

沒有人響應。

麻雀只好又主動地說：「我在宋老師辦公室，看見許多好玩的玩具。我還聽見宋老師和小于老師說，我要是把這些禮物送給我的學生，他們一定特別高興。你們想，要不開聯歡會，送禮物幹什麼？」

學習委員張偉男說：「妳經常發布錯誤消息。上次是錢玲玲過生日，妳告訴我們是毛毛過生日。那天我們帶了禮物去毛毛家，毛毛的媽媽說：『什麼時候，我們毛毛的生日給改啦！』」

大家笑了起來。

麻雀紅了臉：「天氣預報還有錯的時候呢！生日就不許錯啦？」

大家笑得更厲害了。

上課鈴響了。宋老師提著一個大提包走了進來。同學們「嘩」的一下回到了自己的座位上。

麻雀像個得勝的將軍，舉著拳頭向教室的各個方向揮舞著：「怎麼樣！怎麼樣！怎麼樣！」

沒有人讚賞她的預見，只是把目光緊緊盯在大提包上。

宋老師是個年輕美麗的女老師，不說話的時候，總是平靜地微笑著。不了解她的人，以爲她是個很蔫的人。其實，在她那雙美麗的大眼睛裡充滿了「奇思妙想」，當它眨動的時候，你會不由得想起蝴蝶在搧動著翅膀，不光是美麗，而且讓人感到一種神奇的光芒在你周圍飛翔。

「今天下午我們要做一個遊戲。」宋老師輕輕地說。

「啊，做遊戲！」桌椅也隨著同學們一起愉快地扭動起來。教室裡立刻充滿興奮的喜悅。

宋老師拉開提包的拉鍊，教室裡立刻安靜下來。

「請大家記住今天的遊戲規則：我們班一共有三十六個同學，我今天也帶來了三十六件小禮物。等一會兒，我把禮物拿出來，大家根據這個禮物的特點，再根據每一個同學的特點，想一想，這個禮物送給哪個同學最合適。」

教室裡又重新活躍起來，大家摩拳擦掌，躍躍欲試，人人都想知道提包裡到底是什麼東西。

宋老師變魔術似地從提包裡拿出一個小鈴鐺晃了晃，小鈴鐺發出清脆的聲音。

金豆首先叫起來：「這個應該給錢玲玲！」

有人響應：「對！她上課總愛說話！」

馬上有人反對：「不！應該給麻雀。她整天嘰嘰喳喳地像個小鈴鐺！」

麻雀不高興地嘟囔著：「我上課可不愛說話。」

有人立刻指正：「她和錢玲玲差不多。」

宋老師微笑著晃晃小鈴鐺：「請大家注意，小鈴鐺可不是因爲誰上課隨便說話就送給誰，就像畫漫畫一樣，要抓住最傳神的地方畫，人就像了。這個小鈴鐺應該送給誰？大家舉手表決；同意送給錢玲玲的舉手。」

大約一半的手「嘩」的一下舉起來。

宋老師瞇著眼睛數了數：「一共是十五個人；下面，同意送給麻雀的請舉手！」

「嘩」的一下，又舉起大約一半的手。

宋老師看了一眼說：「二十人贊成！對不起啦！錢玲玲，這個漂亮的小鈴鐺，我們只有送給麻雀同學啦！」

錢玲玲如釋重負，繃緊的小臉綻出了笑容，情不自禁地鼓起掌來。

麻雀的小圓臉拉成了小長臉。她噘著嘴走到講臺前，從宋老師手裡接過了小鈴鐺：「老師，其實我上課不怎麼說話。」麻雀幾乎要哭出來。

宋老師摸摸麻雀的小辮子說：「送給妳小鈴鐺不是因爲妳上課說話，比如妳唱歌聲音優美清脆，妳性格特別開朗，不都像個小鈴鐺嗎？」

麻雀笑了。

麻雀接受小鈴鐺的時候，王府井剛剛跑出家門。那本卡通書就像和他捉迷藏似的，找了半天才從陽臺上找到。唉！「爲朋友可以兩肋插刀」。爲了麻雀這樣的傢伙，眞是不值得！上學遲到是肯定的了，不但辛苦還要準備接受老師的批評。王府井後悔返回家替麻雀找書。

……

王府井氣喘吁吁地跑到教室門口，做了幾下深呼吸，定了定神，大聲喊報告！

教室裡響起了一片笑聲。王府井嚇了一跳，自己還沒有進門，裡面怎麼就笑了呢？他急忙從頭到腳查看一番。教室的門開了，宋老師笑咪咪地看著他。

王府井走進門，他很難爲情。

宋老師拍拍他的頭：「怎麼遲到了？」

「我回家給麻雀取卡通書……」王府井實話實說。

沒等他說完，麻雀先叫起來：「遲到就遲到了唄，還拿別人當藉口！」

王府井氣得把眼瞪得溜圓，他眞恨不得給麻雀當頭一拳，這個忘恩負義的傢伙！

「好吧！回到座位上去吧！」

王府井發現今天教室的氣氛非常奇怪。不像是在開會，倒像是大家在講笑話。每個人的臉上都布滿了還沒有散去的笑容。再仔細看，更奇怪了，許多人的桌上都放著一個好玩的小玩具。

一個很文弱的女生叫小慧，她的桌上放著一隻可愛的塑膠小老鼠；何雪松的桌上放著一隻小黑熊；錢玲玲的桌上是一只小鬧鐘；張偉男的桌上是個小算盤；金豆的桌上是隻小猴子；麻雀的桌上是只小鈴鐺……，阿胖的桌上莫名其妙地放著一只大胡蘿蔔……。

王府井心想今天可是倒楣透了，一定是有獎猜謎，好獎品都讓別人拿走了。

他抬起頭，看見宋老師從提包裡拿出一樣東西。

大家忍不住叫起來：小烏龜——

宋老師攤開手掌。大家看清楚了，那是一隻只有火柴盒大小的小烏龜。小烏龜是綠色的，龜背上布滿了金色的條紋，動作遲緩，憨態可掬。小烏龜似乎從來沒有見過這麼多觀眾。牠抬起頭，轉動著脖子，從左到右又從右到左聚精會神地打量著教室裡的每一個同學。

宋老師說：「多可愛啊！下面我們看看哪個同學能有幸得到這個禮物！」

張偉男叫起來：「應該給王府井——」

大家一起鼓掌，空前的熱烈，就像王府井得了世界比賽的冠軍。

王府井嚇了一大跳，不知道發生了什麼事情。他愣愣地坐在那兒，心想，我什麼都沒說，怎麼就得了獎品呢？

王府井的前桌恰好就是金豆。金豆回過頭來，悄悄而又急促地對王府井講述了今天發禮物的「規則」。

王府井覺得全身的血液都湧到了頭頂，臉在發燒。

宋老師說：「來，王府井，把你的小烏龜領走吧！」

小烏龜不再看別人，而是直盯盯地望著王府井。

王府井站在原地，帶著哭腔說：「宋老師，我不想要小烏龜，我也不想當小烏龜。」

同學們一點同情心也沒有，只是一個勁地笑，王府井聽得出，那都是幸災樂禍的笑聲。王府井很難過，他做夢也想不到，他在老師和同學的心目中，居然得了個小烏龜的形象。

宋老師捧著小烏龜走到王府井的跟前：「王府井，你來晚了，沒聽見我們說，這只不過是個遊戲！並不是說，誰像小烏龜，就把小烏龜送給誰；再說，小烏龜可能是爬得慢一些，可是你看牠，憨厚而有耐心，鍥而不捨，待人和氣，有很多很多優點呢！」

王府井不情願地接過小烏龜，立刻又把小烏龜放在桌上，似乎這樣做，小烏龜就不屬於他，可是小烏龜卻目不轉睛地看著他。王府井生氣地把小烏龜的身子轉了個方向，小烏龜卻蹣跚地把身體轉了回來，伸長脖子仰著頭，友好地看著他。

全班同學跺著腳拍著桌子，幾乎要笑瘋了。

王府井沒有辦法，用沉默來表示抗議。想起宋老師說的話，似乎也有點道理，但這肯定是宋老師在安慰他，要不，大家爲什麼一致同意把小烏龜送給他呢？

放學了，王府井把小烏龜放在口袋裡，裝作若無其事的樣子。走出校門，來到一片街頭綠地前。

掏出小烏龜，看看前後左右都沒有人，就把小烏龜放到一個石凳的後邊，然後擺擺手：「再見，小烏龜！你願意找誰就去找誰吧，我可不要你。」

王府井飛快地跑了兩步，又停下來，扭頭看看，小烏龜已經從石凳後邊爬出來，正在戀戀不捨地看著他。

幾個六年級的男生向這裡走來。王府井急忙向前快走了幾步。他聽見那幾個男生叫著：「啊！看呀！這裡有隻小烏龜——」

王府井走到車水馬龍的大街上，這才像一塊石頭落了地。好像丟掉了什麼恥辱，只覺得一身輕鬆。

他經過了一個街頭公園，來到了自家居住的小區樓群裡。眼前是一條綠樹掩映下的小路，非常幽靜。王府井踢著一個小石頭子，忽然想起那本卡通書還沒有交給麻雀，但他馬上就不想了，她算什麼人啊！王府井決定不借卡通書給麻雀了。

這樣想著，心裡平衡了一些。

小路前邊的路面上似乎有什麼東西，既不像樹葉也不像石頭。王府井走近一看，原來是一隻和剛才一模一樣的小烏龜正靜靜地趴在路當中。

王府井大吃一驚，他蹲下身子，低頭仔細觀察著、研究著，嘴裡不由得自言自語：「怎麼和我丟掉的那隻小烏龜一模一樣呢？」

小烏龜抬起頭，目不轉睛地看著他，不但形狀相同，就連那神態都和剛才那隻不差分毫。王府井有些害怕。他站起來躡手躡腳地繞過小烏龜，飛快地向家門口跑去。

王府井走上樓梯，兩步一個臺階，幾乎是跳到了自己的家門口。剛剛拿出鑰匙，忽然發現一隻小烏龜正趴在自己的腳底下。王府井有一種毛骨悚然的感覺。他揉揉眼睛，小烏龜還是剛才那樣的小烏龜，簡直就是三胞胎！也許不是──小烏龜長得可能都是同一個模樣！會不會是金豆他們搞的惡作劇？可是要搞這樣的惡作劇，他們要費多大的心血，花多大的氣力啊！不可能！

王府井用腳把小烏龜挪到了對面人家的門口，迅速地打開自家的門，立刻把房門關上，然後從大門的觀察孔向外瞭望。小烏龜靜靜地趴在對面人家的門口。王府井深深地呼了一口氣，這下可放心了！

王府井回到自己的房間開始做功課。他決心加倍努力，珍惜時光，用功讀書，爭取當個優秀學生，以免別人把他當成小烏龜來取笑。

大約六點鐘的光景，王府井聽見大門開啓的聲音，他急忙向門口跑去，原來是爸爸媽媽回來了，王府井急忙去關好大門。

爸爸奇怪地問：「怎麼啦？幹麼這麼緊張？」

王府井從觀察孔向外察看，小烏龜已經不在了，不知是下樓了，還是進了對門的家裡。王府井在門前呆呆地站了一會兒。

吃晚飯的時候，爸爸拿起筷子，又像往日一樣「隨便」地問：「今天學校有什麼事兒嗎？」

「沒什麼事……。」

「不是說下午要開總結會嗎？」

「是……。」

「挨批評了？還是受表揚啦？」

「沒批評也沒表揚……。」

「班上是不是沒有你這個人啊？」爸爸忍不住激動了。

王府井急忙低下頭，不敢說話了。唉，這時候，說什麼也不對！

「聽說老師發給了你一個小烏龜……。」爸爸幽幽地問。

王府井覺得腦子一下子脹大了。爸爸怎麼知道小烏龜的事情？不知道是哪個同學半路碰上了爸爸，這個多嘴的傢伙！

「是誰告訴您的？」王府井低聲問。

「你不要管誰告訴我的！是不是得了個小烏龜？」

「是……」

「有多少人得了小烏龜啊？」

「……只有我一個……」王府井喃喃地回答。

「什麼！」爸爸又激動起來，「只有你一個人？」

王府井急忙說：「宋老師說，小烏龜憨厚有耐心，鍥而不捨，待人和氣，得小烏龜不是什麼壞事！」

爸爸的態度稍稍平和了一些：「你自己怎麼看待這個問題啊？」

王府井急中生智，急忙找出幾句爸爸愛聽的話：「我要克服小烏龜身上的缺點，發揚小烏龜身上的優點，爭取當三好學生。」

爸爸臉上有了笑模樣：「這還差不多。」

爸爸又不放心地問：「你們班學習委員張偉男得了什麼東西呀？人家絕不會得烏龜，是不是獎盃呀？」

「不是！他得了一個塑膠的小算盤！」

「小算盤有什麼含義啊？」爸爸轉臉問媽媽。

媽媽說：「就說明人家數學好唄！」

王府井忍不住插嘴：「不對！張偉男特精明，給他小算盤，說明他會算計。」

爸爸愣住了：「你們小學生思想還挺複雜，你懂得什麼叫算計？」

「懂！就是一事當前，先替自己打算！」

爸爸看看媽媽，媽媽又看看爸爸，最後爸爸說：「這都是你們胡思亂想，下次你把數學考第一，也給我得個小算盤回來。」

媽媽突然問：「你的小烏龜呢？」

「扔了。」

「怎麼扔了呢？」

爸爸說：「不扔怎麼著？難道還留著！古語說得好，『知恥近乎勇』，懂得羞恥的人才能進步！」

王府井今天晚上學習情緒特別高漲，快到十一點鐘了，他居然一點也不睏。媽媽拍拍他的房門疼愛地說：「小井，早點睡吧。」

王府井輕輕走到門旁邊，聽見外屋媽媽關燈的聲音。他又輕輕走到桌旁。打開電腦，他想上會兒網。

家裡電腦聯網已經是好幾個月之前的事情了，可王府井只上過一次網，那還是爸爸剛剛買了一只「貓」的時候，說是「貓」，其實是一個日記本大小的白匣子。聽說還有黑顏色的，黑的叫黑貓，白的叫白貓，學名叫什麼調制器，安到了電腦上，再打開電腦，按幾個鍵子，電腦的螢光幕上就會出現花花綠綠的報紙一樣的畫面。上面什麼都有！爸爸那天情緒特別好，對著王府井講了許多上網的知識。王府井似懂非懂，但馬上就被吸引住了，而且學會了怎麼上網。

爸爸鼓搗完了，王府井說：「讓我試試——」

爸爸卻說：「不行！上網太耽誤時間，沒有我的允許你不許上網！」

以後，王府井向爸爸請求了幾次，可是都沒有被批准。就好像爸爸拿來一個好吃或者好玩的東西，先跟你說了半天，這東西如何如何好吃，如何如何好玩，可最後卻告訴你，不許吃也不許玩！

王府井上過一次網，準確地說，是看著爸爸上過一次網。電腦之所以還放在王府井的房間裡，那完全是因爲學校有電腦課的需要！

螢光幕上出現「菜單」。王府井把手伸向滑鼠。就在那一瞬間，他的眼睛瞪大了，呆呆地說不出話。

就在滑鼠和「貓」之間的空檔裡，那隻總也丟不掉的小烏龜居然活生生地趴在那裡，好像那兒就是牠的家。

啊，牠是什麼時候進來的呢？一定是爸爸媽媽下班的時候乘機爬進來的。可是牠是怎麼爬到這麼高的桌子上來的呢？眞是太奇怪了。難道這個小烏龜要跟他一輩子嗎？

一個奇怪的想法在王府井腦子裡出現了。

他見過爸爸經常用掃描儀把許多文件掃描到電腦裡儲存起來，那可比抄寫快多了，只要把掃描儀放在文件「身上」輕輕壓過，文件上的字就出現在螢光幕上了。

如果用掃描儀在小烏龜身上輕輕壓過，小烏龜的形象在螢光幕上一定是幅烏龜圖吧！王府井想。

主意拿定之後，王府井開始工作。他把小烏龜放到一張白紙上，然後用掃描儀在小烏龜身上慢慢壓過。小烏龜似乎一點也不緊張，不但不緊張，反而非常配合，就像有人要給牠洗澡搓背一樣，牠伸長脖子，盡量把四肢攤開……。

掃描儀的紅燈彷彿比以往更加明亮。王府井想，可能是因爲小烏龜是立體的，不比平時那些平面的文字簡單，因此掃描儀要格外費勁才行！

掃描工作完成了，螢光幕上一片空白。大約過了三秒鐘的樣子，螢光幕上居然出現了一隻完完整整的和桌上的眞龜一模一樣的小烏龜！

王府井拍著巴掌笑了起來。笑著笑著，他愣住了。螢光幕上的小烏龜動了一下，王府井揉揉眼睛，小烏龜不但繼續動下去，而且慢慢地爬了起來，伸頭縮腦，前進後退，小烏龜整個活了起來。

王府井拍拍自己的臉：我這不是在做夢嗎?他看看桌上的那隻「眞」烏龜，牠正安靜地看著王府井，似乎在說，這有什麼奇怪的?

螢光幕上的小烏龜走到畫面的左下角停了下來。就在這時，畫面的上方出現了一行橘黃色的美術字：

佳佳龜聊天室！

螢光幕的下方居然就像正經的網頁一樣寫著：

WWW.JJG

啊，還有網址！王府井驚呆了。

螢光幕上的變化暫時停頓下來，似乎在等著王府井適應這意想不到的奇蹟。

王府井驚魂稍定。隨著一種電子合成器的說話聲，佳佳龜聊天室的字幕下面出現了文字。

佳佳龜：

你扔了我三次，我找了你三次。我是堅忍不拔，你是無情無義。

唉！誰讓咱倆有緣分呢！記住下面的口訣：好玩！佳佳龜，一分鐘跑，一分鐘飛，還有一分鐘打瞌睡。如果你按住我的脊背說一遍這個口訣，我就能夠滿足你三分鐘的願望！

天啊！這是怎麼回事？王府井還想繼續往下看，忽然，一陣睡意襲來，王府井迷迷糊糊地睡著了。

第三章

三分鐘

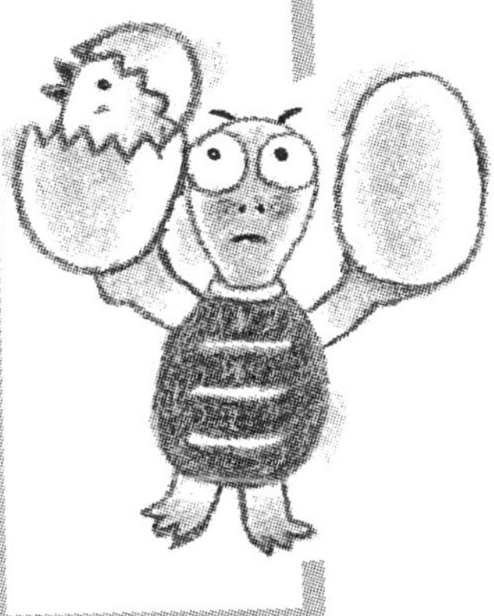

王府井很早就醒了，整個房間裡一點動靜也沒有，這說明爸爸媽媽還沒有起床。王府井看看牆上的掛鐘，還不到六點。

睡這麼晚，起這麼早，而且一點也不睏，還特精神——王府井簡直成了精了。

他記得昨天晚上，他是趴在桌上睡著的。可現在，他卻睡在床上，不知什麼時候脫了衣服，不知誰給蓋上的被子。

王府井一眼看見了桌上的小烏龜，他猛然想起了昨天晚上發生的事情，是不是在作夢呢？

現在，小烏龜的腦袋縮進了烏龜殼，一動不動，一副貪睡的樣子。

王府井趿著鞋走到桌前打開電腦。他急不可待地敲著鍵盤，尋找昨天晚上那個奇怪的新網頁。

可是找了半天，怎麼也找不到。

他回憶著，昨天晚上，電腦裡的小烏龜似乎還說了什麼話……好玩！佳佳龜！一分鐘跑，一分鐘飛，還有一分鐘幹什麼來著？

王府井把桌上的小烏龜抓在手裡：「小烏龜，我記得你會說話呀！」

小烏龜一動不動。

王府井有些失望。根據小烏龜現在這個樣子來看，昨天晚上可能是做夢，也可能是幻覺。但他還是有些奇怪，小烏龜幾次被他扔掉，怎麼會進了他的房間呢？難道眞有這麼多相同的小烏龜嗎？

就這樣呆呆地想了一會兒，王府井把小烏龜塞進了他書包裡放鉛筆盒的地方。

吃完飯的時候，王府井忽然想起了那個「幻覺」中的新網址好像是WWW.JJG。他想到電腦上再去試一試，可是時間已經來不及了。

王府井揹著書包走進校園。有人在背後叫他：「嗨，王府井！」

王府井回過頭，昨天見到的那幾個六年級同學正不懷好意地看著他：「聽說你昨天得了一個禮物？」

王府井想跑，但幾個傢伙已經把他圍在了中間。

「是……」

「是什麼好東西呀？」

「一隻小烏龜。」

「是不是因爲你上課遲到，學習落後呀？」

「不是……」

一個傢伙摸摸王府井的腦袋笑嘻嘻地說：「還不好意思承認，我們看你就挺像一隻小烏龜！」

王府井用力撥開對方的手，用眼睛瞪著他們：「不是……」

「你爲什麼把小烏龜扔了呀？」

「沒扔！」

「我們昨天親眼看見的，你還敢耍賴！你扔的小烏龜就在我們手裡。」

「我們告訴宋老師說你把她的禮物給扔了！」

聽見這話，王府井心裡有些發毛。這麼說，宋老師送給他的小烏龜不是他書包裡那隻小烏龜。

王府井硬著頭皮說：「我不信！你們拿出來我看看！」

「這小子還嘴硬，拿給他看看！」說著，一個傢伙就掏書包，掏了半天，什麼也沒有掏出來。「咦，我就放在這兒啊！怎麼沒有啦？」

恰好！教常識課的袁老師從這裡經過：「你們又欺負小同學啊！」

幾個大孩子這才一哄而散。

王府井心中暗暗得意，他的腦筋也變得靈活了，那些高年級的同學怎麼知道他得到小烏龜？一定是阿胖告訴他們的，阿胖是內奸！他總勾結高年級的大孩子欺負小同學。

袁老師是個又瘦又高的男老師，他的課最受學生們的歡迎，許多稀奇古怪的事情，王府井都是從他的嘴裡聽到的……。

袁老師站在五年級一班的講臺上。

他面前擺著一盆水和兩個雞蛋。

袁老師指著雞蛋說：「這裡有兩個雞蛋，你們想一想，在不打破雞蛋的情況下，用什麼辦法來判斷哪一個是生雞蛋，哪一個是煮熟的雞蛋？」

許多同學都舉起了手。王府井這時正把小烏龜從書包轉移到褲兜裡。

沒想到，袁老師偏偏點了他的名。王府井一愣，急忙做出認眞聽講的樣子。

「哪一個是生的，哪一個是熟的？」袁老師又重複了一遍。

王府井走上講臺，拿起一個雞蛋在桌上一磕，雞蛋黃流到講臺上。

王府井說：「這個是生的！」

全班一陣哄堂大笑。王府井不明白，於是爭辯說：「你們笑什麼？就是生的嘛。」

袁老師哭笑不得：「王府井，你要把我氣死啊！」

阿胖乘機起鬨說：「老師，王府井的腦袋就是一個生雞蛋！」

有人幫腔說：「王府井的滿腦子都是水……他是弱智兒童。」

王府井愣住了，他知道他出了錯，可是錯在哪裡他卻不知道……。

許多女同學也跟著笑，她們的聲音一點也不比男生小。王府井的臉羞得通紅，他最怕在女同學跟前丟面子。

袁老師說：「王府井，我說的是在不打碎雞蛋的情況下，判斷哪一個是生雞蛋。」

聽見這話，王府井腦子裡「嗡」的一下，眞恨不得能變成個小烏龜，把腦袋縮到殼裡去。

突然，王府井的腦子裡清晰地記起了昨天晚上電腦裡小烏龜「說」的話：「好玩！佳佳龜，一分鐘跑，一分鐘飛，還有一分鐘打瞌睡。念一遍這段口訣，我能滿足你三分鐘的願望。」

王府井不由得把手伸進褲兜。他摸到了硬邦邦的小烏龜，心想，不管是眞的還是假的，我幹麼不試試呢？

王府井小聲說：「好玩！佳佳龜，一分鐘跑，一分鐘飛，還有一分鐘打瞌睡，讓大家都睡著就好了……。」

袁老師看王府井嘴裡念念有詞，十分奇怪，急忙用手摸著王府井的額頭：「王府井，有什麼不舒服嗎？」

沒想到，他的話還沒有說完，就打起哈欠，眼睛也漸漸睜不開了，最後乾脆趴到了講臺上。

王府井回頭一看：啊，眞是讓人難以置信！全班同學無一例外地都趴到了桌子上……。

王府井呆呆地站在那裡，不知道下一步該怎麼辦。大家現在是睡著了，待會兒醒了過來，還是一樣地會笑話我……這睡著了就變得毫無意義。王府井急中生智，他從講臺裡拿出抹布，把桌子上的破雞蛋收拾乾淨，連抹布一起扔進了垃圾桶，又從老師的教具盒裡翻出一只雞蛋放在桌子上……他剛剛回到自己的座位上，大家就都醒了。

袁老師揉揉眼睛：「咦，我剛才怎麼睡著了？實在抱歉！」

「你說著話就睡著了。」王府井說。

「你們好像全都睡著了？」

「我們都睡著了，太睏了……。」大家一起伸著懶腰。

袁老師多少得到了些安慰。他慶幸不是他一個人「犯錯誤」：「王府井，就你一個人沒睡？」

「不！我……我也睡著了……。」王府井撒了個謊。

袁老師看著乾淨的桌面，奇怪地問：「我記得你把雞蛋打碎了……，現在怎麼這樣乾淨，是做夢嗎？」

「是啊！是啊！這是怎麼回事？」同學們議論紛紛。

王府井搖搖頭：「我根本沒打碎過雞蛋！」

同學們你看看我，我看看你，似乎還沒有完全醒過來。

最後金豆總結說：「哇，我們集體做了個夢……。」

大家都清醒了。老師重新提問王府井，王府井胸有成竹地走上講臺，拿起雞蛋在桌上旋轉起來，那個雞蛋轉得很均勻。

王府井拿起雞蛋說：「這個雞蛋是熟的！」

袁老師讚許地點點頭。大家也將信將疑地拍了巴掌。

回到座位上，王府井只覺得心臟在胸膛裡怦怦亂跳，好幾次好像都要從嗓子眼裡冒出來。他的手緊緊握著褲兜裡的小烏龜，沒過一會兒，手裡溼漉漉的，也不知道是小烏龜身上的水，還是王府井手上的汗。

上午餘下的三節課，王府井根本沒有上好，老師講了什麼，他腦子裡也毫無印象。現在，他只有一個心思，找個沒人的地方，看看小烏龜。

中午放學以後，王府井頭也不回地竄進了離家不遠的街頭公園。他鑽進了一片小樹林裡面，這是他經常光顧的「秘密營地」。除了他，只有金豆知道這個地方。

王府井迫不及待地拿出小烏龜，恭敬地捧在雙手裡：「小烏龜，小烏龜，你要是眞有魔力的話，請你渾身發光讓我看看……」

小烏龜沒有任何反應。幾縷光線通過樹葉的縫隙在眼前的空地上形成一個個耀眼的光斑，光斑一動不動。

王府井又說：「小烏龜，我在班上是個中不溜秋的學生。你說我的未來是不是一事無成啊？」

小烏龜還是一動不動！只是歪著脖子，似乎在嘲笑他。

王府井有些失望了，這個小烏龜是不是個普通的小烏龜啊！可是剛才常識課上發生的事情又怎麼解釋呢？難道那是巧合嗎？莫非眞的湊巧大家都睏了嗎？不可能呀！怎麼會一起都睡覺呢？

王府井呆呆地站在那裡。小樹林裡安靜極了。我是不是又得了幻想病了？小學一年級的時候，不就經常跟爸爸媽媽說過一些根本不存在的好消息嗎？當時就覺得那些事情是眞的。可爸爸媽媽非說是一派胡言。好多日子都不這樣了，今天是不是又舊病復發了呢？

王府井使勁拍著自己的腦袋。

哇！他想起來了，爲什麼不到電腦上去試試呢？

那奇怪的網址清清楚楚地浮現在他的腦海裡：

WWW.JJG

王府井一溜煙跑回了家。

家裡很安靜。爸爸媽媽中午都不回來吃飯。

王府井關上門，打開電腦，輸入了網址。

奇妙的畫面終於出現了。小烏龜正在佳佳龜聊天室的旁邊安詳地看著他，彷彿等了他好久好久。

王府井的手有些發抖。他哆裡哆嗦地在空白的地方打上了自己的名字，還沒有忘記打上一個冒號。

王府井：你好！佳佳龜。

畫面上出現了小烏龜的名字，同樣也有冒號。

佳佳龜：你好！王府井，我可不是普通的烏龜。請稱呼我佳佳龜。

王府井只覺得一種按捺不住的激動布滿全身，他覺得他的每一根神經都在顫抖。他這是第一次上網進聊天室。而且第一次就居然和一隻神氣的小烏龜「聊天」。

王府井：佳佳龜……

佳佳龜：什麼事兒……說……

王府井：我想知道我長大了是幹什麼的？是不是還被人看不起？

王府井實在是不知道再往下「說」什麼。

佳佳龜：可以。我給你十次機會。你每用一次，會得到一個分數。滿分是

十分，十次機會用完的時候，如果你得到八十分以上，我就會滿足你的要求，說出你的將來。

佳佳龜的「話」剛「說」完，畫面上就出現了一個表格，橫排列著從一到十的十個數碼，豎排寫著內容，最底下是得分。

王府井：幹什麼事兒才能得滿分啊？

沒想到，佳佳龜不再回答，也不再活動，好似一張照片靜靜地待在那裡。再往後，王府井無論再往上寫什麼，佳佳龜都不再回答。

這天夜裡，王府井躺在床上翻來覆去地睡不著。好比一個窮人，剛得了一筆錢，拿著錢不知道怎麼花，況且這錢也不是太多……。

三分鐘！三分鐘能做什麼事呢？比如，我想吃一個好菜，就會來一個好菜，可是，吃下去三分鐘肚子卻又變空了，有什麼意義呢？最大的好處就是讓舌頭和嗓子眼體會一下好吃的滋味兒，這太沒意思了！再比如，我想給癱瘓病人治病，他馬上就站起來了，可是三分鐘以後，又躺下了，還不夠讓人傷心的呢！再比如，我想成爲一個聰明的人，但只能讓我聰明三分鐘，過了三分鐘，又成了一個「弱智兒童」……，三分鐘，實際上就是讓人做個美夢，夢醒了，一切又都變成老樣子……。

不過，話又說回來，三分鐘有的時候也是有用的，今天上課的三分鐘不就把面子挽回來了嗎？

王府井想很快就把這十次機會用完，好知道自己的將來是幹什麼的，可又怕自己得不了八十分，白白浪費了這許多機會……。

他多想和小烏龜說說話呀！他有許許多多的問題希望小烏龜來給他解答。

電腦上的畫面消失了。再看看那個眞的佳佳龜，只見牠懶懶地趴在牆角，再沒有初次見到王府井時的那種熱情了……

第二天早晨，王府井打開電腦，他想把那張表格再放大一下，把當中的空隙留得再大一些，好記錄下他都利用小烏龜給他的機會做了些什麼事情。

表格出現了。王府井愣住了，就在第一件事情和昨天日期交叉點的空格裡，清清楚楚地出現了一個阿拉伯數碼的零字。這就是說，王府井昨天得了個零分！這怎麼可以呢？是不是昨天製表的時候錯打上去的呢？王府井試著去刪除那個零。

毫無結果，那個零字根本刪不掉！

這麼說，從昨天就開始記分啦！而且昨天讓大家睡覺的行動只得了零分。

王府井轉身對小烏龜說：「我還沒做好準備你就記分啦，不應該算！」

小烏龜就跟沒聽見一樣！

要珍惜每一個機會呀！王府井遺憾地想。

就在這時，表格下出現了一條評語：

連熟雞蛋和生雞蛋都分不清。這麼寶貴的機會居然白白給你浪費了。我都替你臉紅。再說，你這種辦法就是能挽救一時也不能挽救一輩子呀。

——佳佳龜

第四章

盲人和大飛機

早自習的時候，宋老師向全班同學宣布了一個消息：爲了慶祝新千年的到來，全市要組織二〇〇〇名小學生到世紀廣場的地面上作畫。每個同學要用彩色粉筆在一平方米的方磚上畫出美麗而有意義的圖畫來。大槐樹小學榮幸地得到了五十名同學去參加的名額。宋老師興奮的臉上泛著紅光：「大家自願報名，下個星期一進行比賽，優秀的同學就可以在那個千年一次的隆重慶典活動中抒發自己豪邁的情感，表現自己豐富的想像和才華……。」

王府井心裡很激動，他特別想報名參加，可是他不敢，他怕同學們笑話他不自量力。他既沒有繪畫的才能，也沒有繪畫的基礎，唯一讓他有些勇氣的是，他上小學一年級的時候，他畫的一張大公雞被老師表揚過……。看人家錢玲玲，從五歲的時候就在少年宮學畫畫，還有專門老師培養……，可話又說回來，全校也沒有五十個錢玲玲啊！先報名參加比賽，試一試，不成也沒關係啊！

下課以後，王府井悄悄走到宋老師的身邊小聲說：「宋老師，我也報名……」

他眼瞧著宋老師把他的名字寫在了小本子上，心裡又咚咚跳了起來。他的畫要是被同學們嘲笑怎麼辦呢？選拔不上倒不要緊，可是會給同學們提供一個取笑的機會，王府井又有些後悔參加了。

他就這樣翻來覆去地想著，不知不覺走到了家。

王府井家門口有條非常平坦的小路，小路是不久以前剛剛鋪好的水泥路面，又乾淨又平坦。王府井看著小路，心頭不由一亮，今天是星期六，明天是星期天，我要是在這條小路上好好練習一下，再找個人指導指導，沒準兒星期一的比賽還眞有希望！就是選不上也沒關係，起碼能讓人看得過去也好啊！

王府井掉轉了方向，來到文具店，買了兩大盒粉筆，一盒白色的，一盒彩色的。俗話說：「臨陣磨槍，不快也光。」許多同學在紙上用彩筆畫得挺好，可是在地上用粉筆畫沒準就不行了……，王府井越想就覺得希望越大，到了後來，他已經想到了世紀廣場畫畫要用多長時間，要不要帶水，要不要戴草帽，這件事情怎麼忘記向宋老師問了？眞是糊塗。

回到家裡，王府井給金豆打了個電話，盛情邀請他明天來參加繪畫練習。

金豆是班上黑板報的幹事，對於運用彩色粉筆他一定有豐富的經驗。

金豆欣然接受了王府井的邀請，決定明天早晨八點在小路上集合。

王府井看看小烏龜，自言自語地說：「你滿足我的願望要是能有一天的時間就好了。讓我當一天畫家，哪怕是半天呢！我也畫好了，大家也評選好了，全廣場第一名！到那時候，畫的畫就是消失也不怕了……，唉，你怎麼只有三分鐘的本事呢？後邊的還沒畫完，前面的恐怕已經消失了……，三分鐘有什麼用呢？」

第二天早晨，王府井和金豆先在小路上用粉筆畫了許多大格子，每個格子都有一平方米大小。

一個小時過去了，金豆已經畫滿了三個格子了。王府井只在格子的一角畫了一個小人兒。金豆走到王府井身邊說：「你這樣不行！一個小地方就描半天，畫到什麼時候才行啊！你要有整體構思。用白粉筆打個草稿，然後再用彩色的粉筆來塗顏色。要想比賽取得勝利，這畫得有意義才行。」

金豆不愧是黑板報專家，他不但說得頭頭是道，畫的人物和景色也都有模有樣。

王府井硬著頭皮說：「你不要管我，各人有各人的特點，你怎麼知道我沒有整體構思？」

話雖然是這樣說，王府井一面畫，一面抬頭偷偷地「參考」著金豆的一舉一動。他希望能畫出一幅傑作來，不用多，有一幅就夠！

快到中午時分，金豆走到王府井身邊，一邊一幅一幅地察看，還不住地品頭論足。

就在這個時候，不遠的地方傳來竹竿戳在地上的聲音，咚——咚——咚——

王府井和金豆一起抬頭看去，只見一個盲人一邊走一邊用竹竿探路……，那是個中年男人。

盲人越走越近，眼看就要踩在王府井畫的一架大飛機上了。

王府井急忙站起來：「叔叔，這裡不能走！」

盲人奇怪地用竹棍敲敲周圍：「爲什麼不能走？」

王府井一時不知道說什麼好，他好奇地打量著這個中年男人：「你什麼都看不見嗎？」

盲人點點頭：「我什麼都看不見。」

金豆從一旁跳了過來：「前邊正在修路，有個大坑，你得從一邊繞著走。」

盲人有些茫然地搖搖頭：「咦！這條路剛修好不久，沒有什麼大坑啊！」

金豆說：「可能又要埋什麼管子，剛剛挖的坑。」

「有多大啊？」

金豆用手比了比：「哇！好大好大啊！有兩米多寬呀！」

「也沒有個護欄嗎？」

金豆搖搖頭：「沒有——」

「噢，原來是這樣啊……！」

金豆邊做鬼臉邊用手捂住嘴巴，免得笑出聲來。

王府井攙著盲人繞過了他的大飛機：「好了！你可以往前走了。」

盲人連聲說著謝謝。走了幾步，又回轉身問：「小同學，這大坑邊上真的沒有護欄嗎？」

「沒有！」

「也沒有標誌燈嗎？」

「也沒有。」

「這多危險啊！」

金豆急忙說：「就是啊！不過你放心，這個大坑明天可能就填好了。」

盲人的身影和聲音消失在小路的盡頭。

王府井和金豆哈哈笑起來。

王府井捶著金豆的肩膀說：「你撒謊怎麼和眞的一樣？」

金豆笑笑：「開個玩笑嘛！」

……

天漸漸黑了下來，王府井被媽媽活生生地拽回了家。

吃過晚飯，媽媽說：「你在外面瘋了一天，還不馬上做功課？」

回到自己的房間，攤開作業本。王府井仍然意猶未盡，找出幾張白紙，又畫了起來。

媽媽突然推門進來：「我差點忘了，你奶奶過一會要到家裡來，你趕快到路口去接她。」

王府井正想看看自己在路上的「傑作」，於是爽快地答應著，向門外跑去。

天已經完全黑了，琥珀色的街燈悄悄亮了起來。

王府井看見一個人站在街燈的光圈裡，也不知道在幹什麼。那裡正是他白天畫畫的地方，是不是在欣賞他的畫？

王府井走到那人的跟前，愣住了，原來是白天遇到的那位盲人。

那位盲人突然說：「先生，這裡不能走，前邊有個大坑！」

王府井呆在那裡，一動不動。

沉默了好一會兒，王府井忍不住說：「叔叔，是我！」

盲人思索片刻說：「我聽出來了，你就是白天扶我走路的那個好孩子。」

王府井說：「您怎麼還不回家啊！」

盲人說：「我正準備回家，走到這兒，心想，天黑了，萬一有人看不見這個坑，多危險啊！」

一瞬間，王府井覺得心裡酸酸的，很不是滋味兒。盲人的眼睛直呆呆地望著前方，可他什麼也看不見，但從那執著和認真的神態裡卻讓人聽到了那顆善良而質樸的心在怦怦跳動。一陣熱呼呼的東西湧遍了王府井的全身。他一把抓住盲人的手：「叔叔，我不是好孩子……。」

盲人緊緊攥著王府井的手，他似乎深怕這個孩子會跌進前邊的大坑一樣：「孩子，你怎麼啦？」他的另一隻手哆裡哆嗦地摸到了王府井的腦袋上。

「叔叔，我騙了您，這裡根本沒有什麼大坑。」

「這是怎麼回事？這大坑被填平了嗎？」

「不是，白天我在地上畫了很多畫，我怕您給我踩壞了。」

盲人鬆了一口氣，絲毫沒有責怪王府井的意思：「噢！原來是這樣……，沒有坑就好，沒有坑就好，這我就放心了。」

「叔叔，我實在對不起您，我送您回家吧，天都這麼黑了。」

盲人微笑了一下：「白天和黑夜對我們盲人來說都是一樣的。」說著，他轉過身子，用竹竿探探前邊的路說：「這兒的路我很熟，每天都從這裡走，你快回家吧。」

王府井緊緊跟著盲人：「叔叔，您心裡一定很難過吧？」

「爲什麼要難過呢？」

「您什麼東西都看不見……多難受啊！」

盲人搖搖頭：「也不見得，我從小就什麼也看不見，習慣了，我雖然看不見，但是我能聽，而且能聽見許多許多你們聽不見的聲音……。」

「什麼聲音您能聽見，而我們聽不見？」王府井奇怪地問。

盲人若有所思地微笑著：「青草從地上長出來的聲音，花兒開放的聲音，我就能聽見，你能聽見嗎？」

「我可聽不見。」王府井搖搖頭。

盲人摸著王府井的頭：「我們的觸覺還特別靈，我知道你的身高有一米五……眼睛不大，圓鼻子，小嘴，挺可愛的。」

王府井驚訝地：「眞準！就跟您能看見我一樣！」

盲人苦笑了一樣：「和看見的還是不一樣，我們不知道草和花的顏色，不知道樹和房子有多高，不知道天是不是和樓頂一樣……。」

王府井心裡一陣難過。他特別想幫幫這個好心的人，可是他沒有辦法。心中一動，他突然想起了小烏龜！

王府井從衣兜裡拿出小烏龜，捧在手裡。小烏龜伸長脖子仰著頭，似乎在問：「王府井，有什麼吩咐嗎？」

王府井真誠地說：「好玩！佳佳龜，一分鐘跑，一分鐘飛，還有一分鐘打瞌睡……讓這個叔叔能看見吧！」

盲人停下腳步，奇怪地問：「小同學，你在說什麼呢？」

「我……我在給您給您想辦法……。」

這時，小烏龜的「鎧甲」忽然變得晶瑩透明，似乎有光亮從裡面照射出來。路邊的樹木開始從暗淡變得光亮，剎那間就成了「火樹銀花」，將小路照得像一個節日彩燈大放光明的森林舞臺。

盲人叔叔愣住了。他的眼睛突然顯得異常的明亮，黑色的眸子活動起來。他驚叫著：「啊！怎麼回事？我怎麼突然看見啦！樹！天空！啊！那是月亮吧！啊！還有你，孩子……這是怎麼回事？這是不是在做夢啊！」

王府井拉著盲人的手：「叔叔，您快看吧！您只有三分鐘的時間，三分鐘一過，一切都要恢復到原來的樣子……」

「真的嗎？」盲人緊緊盯著王府井的眼睛。

王府井點點頭。

盲人突然飛快地跑了起來。王府井也不由得跟他跑起來：「你跑什麼呀？」

「我要看看我的妻子和女兒。」盲人奔跑的速度讓人吃驚。

「你們家有多遠啊？」王府井立刻落在他的身後。

「要走十分鐘的路……。」盲人扔掉了手中的竹竿。

樹木飛跑地從他們身邊掠過，空氣撲在他們的臉上，就像一陣陣的急風。

小路已經跑完了，街頭公園也落在了他們的身後，他們的前邊出現了一條筆直的大道。

「來不及啦——」王府井氣喘吁吁地說。

「來得及——」盲人頭也不回。他似乎把一生的力氣都用在了這只有三分鐘的奔跑上。

遠處，電報大樓的鐘聲響了起來，這是晚上七點的鐘聲。

「我估計三分鐘已經到了！」王府井覺得快要暈倒了。

「不，還有時間！」盲人叔叔自信地說：「你看，那座大樓就是我的家。」話還沒有說完，盲人突然被什麼東西絆倒了，一下子跌到了路旁的草叢裡。

「來不及了！」王府井一屁股坐在草地上。

盲人沒有說話，兩滴淚水從他的眼眶裡湧出。

一股神奇的力量促使王府井從草地上爬起來，伸手拽起盲人叔叔。

遠處的路旁出現了一個婦女領著一個小姑娘的身影。小姑娘的聲音穿過夜空飛翔起來：「爸爸——」

盲人幾乎是從草叢中躥了起來，又頑強地向前邊奔跑。就在同時，妻子和女兒也看見了他，而且向這裡跑來。

就在他們彼此不到一米遠的地方，盲人叔叔突然止住腳步，直盯盯地望著妻子和女兒，好像要把這一瞬間的印象永遠定格在自己的腦海裡。

妻子和女兒奇怪地看著丈夫和爸爸。

妻子嗔怪地說：「你怎麼能跑呢？摔壞了怎麼辦？」

女兒哭著說：「爸爸！您怎麼這麼晚才回來，我們都急死了……。」

盲人不說話，他捧著妻子和女兒的臉，仔細地端詳著，滿臉都是淚水……。

他們緊緊地擁抱在一起。

王府井呆呆地站在一旁，那一刻，他也彷彿成爲了他們家庭中的一員，跟著他們流下幸福的眼淚……。

……王府井拿出小烏龜，使勁地親吻著。小烏龜似乎沒有任何熱情，腦袋使勁地縮在烏龜殼裡，死活不肯出來。

回到家裡，王府井急忙打開電腦，在那張記分表格裡，他看見了今天得到的分數居然是十分。

佳佳龜評語：

高興嗎？能盡自己的力量幫助別人，不但讓人家高興，自己也特別愉快，是不是？

——佳佳龜

第五章

「偉大」的橡皮膏

全校「地面繪畫」比賽上，王府井表現得很自信。

他精心畫了一幅畫，畫上畫了許多人。到了二十一世紀，盲人看到了光明，跛腳的人在飛快地賽跑，耳聾的人能聽到了聲音……總而言之，所有的殘疾人都恢復了健康，最後，所有的醫院都關門了。

王府井畫得很投入，畫得很精心，畫得也很得意。

可是，最後進行評比的時候，卻大大出乎王府井的意料，校長和老師們居然都說沒有看懂。

王府井急得眼淚都快掉下來了。他說：「你們再仔細看看嘛……！」

宋老師還真給王府井面子，她特意拉著校長圍著王府井的畫又轉了兩圈。最後，宋老師說：「我看明白了，醫院裡的醫生和病人都在鍛鍊身體，有的人在跑步，有的人在做廣播操……。」

校長接著說：「雖然勉強看明白了，可是很普通嘛！沒有什麼新意啊！一點幻想也沒有，一點想像也沒有，一點思想也沒有……。」

王府井急忙解釋說：「二十一世紀的盲人都看到了光明……，所有的殘疾人都恢復了健康……。」

校長搖搖頭：「看不出來！」

宋老師說：「光自己明白不行，一定要讓別人也明白才行。」

王府井急忙用粉筆在畫上加上注釋。

宋老師說：「在畫上寫這麼多字，還不如寫篇作文呢。」

周圍的同學不失時機地笑起來。

王府井所有的努力都白費了，積攢了一天的好心情也全都消失得一乾二淨。

雖然王府井的畫沒有被選上，但作爲安慰和鼓勵，王府井和其他一些有著同樣「遭遇」的「畫家」被學校派去參加電視臺舉辦的智力比賽晚會。說是參加，但沒有資格比賽，只是坐在觀衆席上看著別人比賽。

晚上回家以後，爸爸媽媽問起王府井在學校比賽的情況，王府井看著爸爸媽媽那期待的目光，又想起自己艱苦的「勞動」，他不「忍心」實話實說，靈機一動：「老師說我畫得不錯，我已經被選到電視臺參加智力比賽的晚會啦！」

媽媽高興地胡嚕著王府井的腦袋：「啊！太好了！我說過吧，有一分勞動就有一分收穫；怎麼樣，你昨天練習了一天，今天就會有成果；如果你學習上也這樣努力，肯定前途無量。」

爸爸也激動起來，他激動的特點是，先是低著頭不說話，在房間裡踱來踱去，走夠一定的時間，然後突然停止，抬頭說出幾句振聾發聵的言語來，要是不了解他的人看到他這樣，一定會以爲他有什麼傷心或發愁的事情。王府井和媽媽知道他的脾氣，每次都這樣耐心地等著他。

媽媽這次卻等不及了。她說：「你不要像動物園裡的老虎好不好，總在籠子裡走來走去，讓人看著眼暈。」

爸爸抬起一隻手：「不要打擾，我在思考……。」

王府井有點心虛，又怕爸爸知道眞實的情況。

爸爸提前停住了腳步說：「告訴我電視臺晚會演播的準確時間，我要讓我們全公司的同事看看我的兒子王府井是隻蟲還是條龍！」

王府井心中一沉：哇，事情鬧大了！

王府井說：「爸爸，求求你，不要讓大家看好不好！萬一我答錯了，不是丟人嗎？」

爸爸攥住王府井的手：「孩子，不要怕！只要你參加比賽，不管是答對還是答錯，都是好樣的！重要的是參與！」

王府井心中暗暗叫苦，爸爸的話沒有錯！可他根本不是比賽的選手啊！……他倒沒有什麼，可爸爸多丟人啊！他怎麼和同事交代呀？

幸虧媽媽及時說：「你這樣做給孩子的壓力太大，他會緊張的！」

爸爸連連擺手：「到時候再說，到時候再說！」

那一個晚上，王府井又沒有睡好覺，他幾次想到讓小烏龜幫幫他的忙，可是怎麼幫呢？只有三分鐘啊！……

比賽的晚會上，代表他們學校參加比賽的選手是學習委員張偉男、班長高圓圓，還有一個外班的同學。王府井因為個子矮小，被安排在觀衆席比較靠前的位置上。

比賽還沒有開始，王府井已經是滿頭大汗了。爸爸的同事們是不是已經坐在電視機前面了？媽媽爸爸肯定已經坐好了。待一會兒，攝像機一開，王府井就暴露在光天化日之下了。大家不會分不清比賽席和觀衆席吧？肯定不會！那麼大家會一眼看見坐在觀衆席前排的王府井。到那個時候，爸爸的同事就會問：喂，你兒子不是參加比賽的嗎？怎麼是觀衆呢？……如果這樣，還不如坐在犄角旮旯好。可是如果別人看不見，連個觀衆都不是，不是更麻煩嗎？

宋老師走過來，摸摸王府井的額頭：「哇！臉色這麼白，出了這麼多汗，是不是不舒服呀？」

王府井木然地搖搖頭：「沒什麼，聚光燈太熱了。」

晚會開始了，王府井聽不見主持人在說什麼，他的整個心思都放在攝像機的鏡頭上了。攝像機從他的左邊搖到右邊，又從他的右邊搖到左邊。每當王府井覺得燈光有些刺眼的時候，就知道攝像機的鏡頭又對準自己這邊了。他垂著頭，用眼睛的餘光看著前邊。他覺得正有無數雙眼睛在看著自己，其中最讓人緊張的就是爸爸的眼睛。他只覺得芒刺在背，如坐針氈，度日如年，他希望晚會早早結束，可是如果眞結束了，他回家怎麼向爸爸媽媽交代呢？他又希望電視臺的機器出毛病，這樣的話，就沒有人知道他坐在什麼地方了。

他影影綽綽地感到他的學校成績不怎麼理想。有好幾次，高圓圓和張偉男都回答不出問題，因爲他周圍的同學一個勁兒地唉聲嘆氣。

突然，他聽見主持人問道：「請大槐樹小學的同學回答，橡皮膏有什麼用途？說出十種以上……。」

高圓圓回答：「把紗布固定在皮膚上不掉下來，還有……想不出來了。」

主持人用手指著大槐樹小學的觀眾席：「有沒有其他同學能回答？」

王府井先是一愣，緊接著，突然產生了一種豁然開朗的感覺——機會來了！機不可失，時不再來。他從座位上跳起來，高高舉起手。

「請這位同學回答！」主持人說。

聚光燈在王府井的周圍形成一個蛋圓形的光環！

王府井緊緊攥著小烏龜：「好玩！佳佳龜，一分鐘跑，一分鐘飛，還有一分鐘打瞌睡。給我點智慧吧！」

小烏龜在他手裡掙扎了一下，王府井覺得有一種光亮把他腦袋裡什麼東西點燃了。腦子彷彿被清水沖洗了一遍，就像雨後的景物和樹木，突然變得清新和明朗。

主持人看著發呆的王府井，又把問題重複了一遍。

王府井的口齒從來沒有這樣伶俐，他說：「橡皮膏還可以補衣服、補鞋、貼鉛筆盒、黏玻璃縫，把名字寫在橡皮膏上，貼在箱子上不和別人的混淆，還可以製成醫用橡皮膏治風濕和跌打損傷、活血化瘀、鎮痛消腫、治皮炎……」

全場哄的一下笑起來。

王府井還要接著說下去。主持人舉起一隻手：「好啦！好啦！你先坐下！」

王府井不情願地坐在座位上。

「給大槐樹小學加十分！」主持人說。

沒有人笑了，全場的目光一起向王府井射去。王府井心裡非常興奮。

主持人又問：「橡皮膏是什麼顏色的？」

高圓圓說：「白色的……」

王府井又急不可待地跳起來：「醫用橡皮膏一般是白色的，可是電工用的橡皮膏是黑色的，包裝和密封用的橡皮膏是咖啡色的，還有一種透明橡皮膏……」

「再加十分！」

全場掌聲雷動！

主持人再一次提問：「橡皮膏和橡皮有什麼關係？」

高圓圓和大家的目光再一次轉向王府井。

王府井不假思索地說：「就像我們用的橡皮和動物園的大象沒有關係一樣，橡皮膏和橡皮也沒有任何關係。橡皮是一種塑膠，而醫用橡皮膏的主要成分是布和氧化鋅……」

全場的人都呆住了。

主持人驚訝地打量著王府井，好半天才說：「這個同學爲什麼沒有參加正式比賽？」

全場人的目光又像探照燈一樣，「唰」的一下照到宋老師身上。這位老師好糊塗呀！怎麼埋沒了這樣一個天才！

宋老師不住地點頭，臉漲得通紅。她感到非常奇怪，王府井今天怎麼會這樣出衆，居然爲學校獨得三十分……。

回到家，剛一推開門，王府井就嚇了一大跳。往日安靜的家裡，黑壓壓地坐了一屋子人。除了爸爸媽媽，還有鄰居和爸爸的同事。

男的女的，白頭髮的，黑頭髮的，王府井的面前到處是微笑的臉和讚許的目光。

掌聲響起來。問候的聲音，熱烈的祝賀此起彼伏，好似歡迎一個爲國爭光的冠軍凱旋一樣。

從小長這麼大，王府井從來沒有受過這樣熱情的待遇。一瞬間，王府井有種飄飄欲仙的感覺——非常舒服。

前來祝賀的大人們一直拉著王府井的手噓寒問暖，問他長大了準備幹什麼，問他是不是因爲學習太刻苦，以至於所有的營養都給了腦袋，所以身體才長得這樣瘦小……。

吃晚飯的時候，大家才陸續散去。

稍稍空閑的時候，王府井才想起了那個關鍵時刻幫忙的小烏龜。

小烏龜好像在幫助王府井的時候，用盡了所有力量，現在已經睡著了，怎麼拍牠的脊背，牠的腦袋就是不肯伸出來。

王府井打開了電腦，急忙查看使用佳佳龜的得分表。

今天得分很公平，王府井又得了十分。王府井算了一下，這是第三次使用小烏龜了。第一次得零分，第二次得十分，第三次又得十分。如此下去，他的十次機會能得到八十分，還是大有希望的。

佳佳龜評語：

在一次聚會上，有人拿起雞蛋說：誰能把這個雞蛋立著放在桌子上？許多人都開始「試驗」，但沒有人能夠成功！科學家愛迪生拿起雞蛋往桌上一頓，雞蛋下面碎了一點，但雞蛋「站住」了。許多人都叫起來：如果像你這樣，我們也會！

愛迪生笑笑說：可惜你們沒有這樣做！

有時候，你就得想得怪一點！

——佳佳龜

第六章
封住老師的嘴

王府井好不得意！

王府井在比賽中出奇制勝以後，老師和同學們都對他刮目相看。認爲以前的王府井是「眞人不露相」，王府井「十年不鳴，一鳴驚人」……。

相比之下，那些參加比賽的什麼張偉男、高圓圓之流倒相形見絀起來。

世界往往有這樣的事情：一個人有了好名聲之後，他的優點就被放大，他的缺點就被縮小，甚至被人當成是優點來誇獎。

佳佳龜創造的奇蹟只有三分鐘，三分鐘以後，奇蹟沒有了，但「奇蹟」在別人頭腦裡產生的影響卻久久不會消失。

王府井的學習成績並沒有因爲回答了橡皮膏的問題之後就突然好起來。他的成績依舊是中不溜秋。可同學們說什麼？他們說：「王府井聰明過人，以他那樣的智商，如果他願意考好，準是一百分！」

別人隨便說說本來沒有什麼關係，要命的是王府井的腦袋也變得暈暈糊糊起來。他自己也認爲是個智商超常的人。沒有兩天，王府井便產生了一個口頭語：「嗨！我不願意幹就是了，我要是想幹，比誰都強！」

沒出一個星期，王府井變了一個人，遲到變成經常的事情了，上課也不認眞聽講了，除此之外，他還添了一個新毛病：他忘記了以前別人嘲笑他，給他帶來的痛苦，他也開始學會嘲笑別人了，而且發現嘲笑別人是件挺開心的事情。

看見王府井身上發生的變化，宋老師心裡很著急，王府井有些不對頭了。不要說他不是什麼天才，就是天才也要培養嘛！再好的樹苗也要施肥、澆水和剪枝啊！

「王府井，要努力學習呀！」宋老師說。

王府井低著頭不說話，心裡卻說：「討厭！」

「王府井，不要嘲笑別人啊！自己身上還有好多缺點呢！」宋老師又說。

王府井瞪著眼睛看著宋老師，心裡想：「眞是討厭！」

……

漸漸地，同學們也不願意再和他一起玩了，就連好朋友金豆也和他疏遠了。只有宋老師經常說一些讓王府井「討厭」的話，也沒有再表揚王府井了。

「哼！你們都是嫉妒我！」王府井憤憤地想。

有一天，王府井因爲晚上看電視，早晨起來的時間，比平時晚了一個小時。當他來到學校的時候，第一節課已經下課了。

剛一走進校門，迎面碰上了宋老師，王府井剛想低頭溜過去，宋老師叫住了他。

王府井抬起頭，看見宋老師滿臉的怒氣，心裡不由得哆嗦了一下。

「你不要以爲光知道什麼橡皮膏就可以不學習了！」宋老師怒不可遏地說。王府井從來沒有看見宋老師發這麼大的火。

王府井不說話，他知道宋老師再說兩句就會放他去上課。

沒有想到，宋老師越說越生氣，最後居然說：「今天晚上，我要到你們家裡去，問問你的爸爸媽媽是怎麼教育你的。」

王府井心中一驚，接著便十分生氣，宋老師怎麼這麼大的火氣！

王府井急了，他用手摸摸兜裡的小烏龜說：「好玩！佳佳龜，一分鐘跑，一分鐘飛，還有一分鐘打瞌睡！讓老師閉嘴吧！」

宋老師看見王府井自言自語地不知說些什麼，更加生氣了：「王府井，聽見我說話沒有？」

話剛說了一半，宋老師突然停住了，她好像突然想到了什麼重要的事情，呆呆地想了一會兒，咧開嘴笑了。

宋老師笑咪咪地說：「喲，王府井！你幹麼還來上學呢？其實這麼容易的功課你根本不用學。快回家休息吧！」說完，宋老師又笑著撫摸著他的頭說：「你眞是個聰明有出息的好孩子啊！」

一塊石頭落地。王府井的心裡可踏實了，他開心地笑起來，宋老師眞是和藹可親！

和封住宋老師的嘴一樣，王府井也分別給爸爸媽媽的嘴各封了一次，爲了這件事，媽媽爸爸還吵了一次架。那一次給媽媽封了嘴之後，爸爸批評他，媽媽卻表揚他，意見不統一，爸爸媽媽吵了起來，王府井只好給爸爸封了一次。雖說有點過分，但他們意見統一了，一致地表揚王府井。在以後的幾天裡，王府井過得很舒服。

就在王府井十分得意的時候，卻發生了一件他萬萬沒有想到的事情。那一天，體育老師帶著全班同學到游泳池上游泳課。這是王府井這個年級第一次上游泳課。

男生一隊，女生一隊。

「會游泳的同學請舉手！」體育老師指著男生這隊說。

許多男生都舉起了手。王府井沒有游過泳，但他看到女同學望著會游泳的男同學，眼睛裡露出欽佩的目光，於是也不由自主地舉起了手。

沒想到，體育老師卻單單用手指著他：「王府井，你不會游泳，爲什麼舉手？」

王府井的臉一下子紅了。當著這麼多同學，尤其是當著班上女同學的面，多丟人啊！他低聲說道：「好玩！佳佳龜，一分鐘跑，一分鐘飛，還有一分鐘打瞌睡，佳佳龜，封住體育老師的嘴巴！」

體育老師的手還沒有放下，卻突然改了口：「對不起，我剛才記錯了。王府井會游泳，不但會游泳，而且游得非常好！本來少年體校請他去參加游泳隊，可他自己不願意去。」

「哇！」全班同學的目光一齊看著他，王府井眞行啊！智力競賽上，他給了大家來了一個出乎意料之外，在游泳上，他又給大家來了個意料之外！

體育老師說：「同學們，我們歡迎王府井爲我們表演一下怎麼樣？」

「好哇！」同學們熱烈鼓掌。

神差鬼使一般，在這一時刻，王府井彷彿記得自己是會游泳的，而且游得棒極了。於是，他脫下衣服，撲通一聲就跳進了深水裡。

到了水裡，情況就不一樣了，他喝了兩口水之後，身子一個勁兒地往下沉。王府井只有舉手亂抓的份兒了。

體育老師卻笑著對同學們說：「你們看，王府井裝得多像，他在和我們開玩笑！」

情況十分危急。王府井想說他不會游，他想起佳佳龜……，可是，他不但說不出話，就連腦子都不會思考了。

幸虧這個時候，游泳池中幾個小伙子合力將王府井拖到游泳池的邊上，一面把他放在地上吐水，一面埋怨體育老師怎麼這樣不負責任！

體育老師就像做了一個夢，現在如夢方醒，他捶著自己的腦袋，痛苦地喊著：「我怎麼跟著了魔似的，明知道他不會游，怎麼能讓他下水呢！」

金豆在一旁說：「老師，您剛才說王府井游得可好了，還要進少年體校呢！」

體育老師目瞪口呆，半天說不出話。

這一切，王府井全都聽見了。他躺在地上，臉色蒼白，根本說不出話，心裡卻一清二楚！

……

晚上回到家，王府井忐忑不安地打開電腦。用顫抖的手敲出了佳佳龜的網址：WWW.JJG

佳佳龜在螢光幕上出現了，一副嘲笑的面孔。

螢光幕上出現了幾行字。

佳佳龜：你用了四次機會。給宋老師封了一次嘴，給媽媽封了一次嘴，給爸爸封了一次嘴，又給體育老師封了一次嘴。因爲性質是相同的，我就算你用了兩次機會。每次都得零分！

佳佳龜評語：

封住別人的嘴，就等於蒙上了自己的眼睛，塞住了自己的耳朵，堵住了自己的鼻子，不憋死才怪呢！

——佳佳龜

看著「得分」和佳佳龜的評語，王府井覺得腦子有點不好使。他計算著，到現在爲止，他使用了五次機會才得了二十分，還有五次機會，也就是說，以後，他再怎麼努力，八十分也沒有希望了……。

王府井有一種絕望的感覺，想起白天驚險恐怖的遭遇，眞讓人心驚膽戰，他變得十分激動。

王府井打開窗子，把小烏龜從樓上扔了下去。

朦朧中，王府井聽到了一個熟悉的聲音：「教訓也是一種收穫！」

王府井大叫起來：「我才不相信你這些鬼話！都是你，我才差點被淹死！我才不要你呢！你愛找誰就找誰去吧！」

第七章　新嶗山道士

生活又恢復成原來的樣子。

王府井沒有帶著小烏龜來上學，他覺得很輕鬆，但王府井知道小烏龜很「賴」，按照他最初遇到小烏龜時的情景，估計小烏龜說不定什麼時候又會出現在他的眼前。

上課的時候，王府井還經常摸摸自己的口袋，翻翻書包，又查看課桌，深怕小烏龜又鬼頭鬼腦地躲在什麼地方……。唉！就是來了也不怕，我不念那句口訣就行了。

語文課上，宋老師給大家講了嶗山道士的故事。說的是，一個書生到深山裡學道，師傅教給他穿牆術的本領。後來，那個書生回到家裡，他的妻子問他，你去了這麼多日子，學會了什麼本領呀？那個書生興高采烈地說，我學會穿牆術啦。

王府井被宋老師的故事吸引住了，他特別想知道那個書生後來怎麼樣了。

宋老師接著說：「他的妻子根本不相信。書生就口念咒語，大搖大擺地向牆上走去。萬萬沒有想到，牆沒有穿過去，書生卻摔倒在地上，他的頭被牆撞起了一個大包。」

全班同學哈哈大笑起來。

王府井忍不住問：「宋老師，怎麼不靈了呢？」

宋老師說：「他的師傅曾經告訴他，心術不正的人，要用穿牆術做壞事就不靈了。」

王府井又忍不住：「書生也沒做壞事啊？」

「你聽我慢慢說呀——」

全班同學都把眼睛轉向王府井，責怪地看著他，討厭他爲什麼總是打岔。

張偉男不陰不陽地說：「這種問題還用問嗎？腦子裡水太多了。」

也不知道是說書生的腦子裡水多，還是說王府井腦子裡水多。

阿胖乘機攻擊王府井說：「王府井就是那個傻書生！」

大家又不分是非地笑起來。

王府井臉紅了，但他心裡還是挺納悶的，這個問題難道不該問嗎？

下課以後，好多好事兒的同學就拍著王府井的腦袋問：「傻書生，腦袋還疼不疼啊？」

開始，王府井沒明白對方的用意，過了幾秒鐘才明白，他上課時的幾句問話居然又成了同學們取笑的材料，把他說成了那個傻書生，眞是倒楣透了。他問的那些問題如果是張偉男提出的，大家肯定什麼也不說，而且還會說他肯動腦筋，問題問得好！

世界就是這麼不公平！

在電視臺的比賽中，他那麼精采地回答了問題，同學們當時也很佩服他呀！怎麼轉眼大家都把他的智慧給忘掉了呢？

他想不通，他去請教好朋友金豆。

金豆沒聽他問完，就嘻嘻地笑了：「說你傻，你就是傻。你想，那天在游泳池你明明不會游泳，怎麼就敢跳到深水池裡去呢？你不是和那個用腦袋撞牆的傻書生一樣嗎？」

「張偉男爲什麼說我腦袋裡水太多了？」

「你在游泳池裡喝的水還少嗎？」

王府井這才明白了，他眞是笨呀！別人罵他，他還鬧不淸楚是怎麼回事呢！王府井覺得很窩囊，氣得肚子鼓鼓的，可是毫無辦法！

這時候，他有些想念他的小烏龜，現在，小烏龜要是帶在身邊就好了，他可以當場給全班同學表演一下，讓他們眼睜睜地看著他穿牆而過。到那個時候，可就不是回答幾個什麼橡皮膏的問題了，大家會覺得他是個神仙！

這一刻，王府井後悔了，他後悔把那個珍貴的小烏龜給扔了。

王府井急不可待地等著放學。

第四節課下課鈴聲一響，王府井兔子一樣的跑出敎室的門。

老師奇怪地看著王府井的背影，以爲他急著回家吃飯，孩子怎麼餓成這樣啊！

麻雀對老師說：「老師，妳不要奇怪！王府井最近一直這麼反常——」

王府井來到自家大樓窗外的草地上。他抬頭看看自家的窗子，又計算了一下高度和距離，最後測定，小烏龜落地的位置基本就在腳下方圓五米的範圍內。王府井又找了一根小竹棍，開始在草地上一寸一寸地搜尋起來。

「小烏龜，請原諒我吧，原諒我年輕不懂事，你老人家大人不記小人過，宰相肚子裡能撐船，回來吧。」王府井就這樣學著電視劇裡的臺詞，胡說八道地橫著走，又豎著走，整整找了一個多鐘頭。

草地都找遍了，不要說小烏龜，就連一隻小蟲子都沒發現。

下午還要上課啊！午飯還沒有吃！時間眼瞧著不夠了！王府井忽然想起了，小烏龜是活的呀！牠有腳啊！小烏龜肯定是爬到別的地方去了。

王府井徹底絕望了，他恨自己爲什麼昨天把小烏龜就這麼輕率地給扔掉了。那些事情也不能埋怨小烏龜呀！小烏龜是按照自己的命令辦事啊！哇！都賴自己！

王府井眞是悔恨交加。

他抬起頭，眼睛突然一亮：就在大樓牆基的那條水泥地面上，小烏龜正在懶洋洋地曬太陽，王府井光想著草地了，怎麼就沒有抬頭看看別的地方呀！有句詩怎麼說來著：踏破鐵鞋無覓處，得來全不費功夫。還有一句：衆裡尋她千百度，驀然回首，卻在燈火闌珊處！

王府井的腦筋一下子變得靈活起來了。四歲的時候，爸爸逼他學習的詩詞全都想了起來。

王府井幾乎是撲上去，一把抓住小烏龜，在龜背上使勁親了一口。

王府井顧不上吃午飯，從冰箱裡拿出了一包餅乾，帶著小烏龜來到了上學路上的一個公園，王府井找了一段公園最高最厚的牆，他要試試穿牆的「本領」。

王府井站在牆前，手裡非常莊重地舉著小烏龜。他現在的注意力全放在小烏龜和那段高牆上，周圍的一切全都顧不上了，簡直是視而不見，聽而不聞。

他萬萬沒有想到，就在他身邊的椅子上坐著兩個人。兩個人一胖一瘦，抽著菸很優閑地聊著天，他們也沒有在意王府井這樣一個普通的小學生。

王府井因爲怕穿牆術不靈，會像那個書生一樣把頭撞個大包，於是先把小烏龜放在一旁，將書包裡的東西都倒在地上，然後把書包套在了頭上。

這個非常的舉動引起了兩個人的注意，這小學生幹什麼呢？東西都倒在地上，書包卻套在頭上，手裡還捧著一隻小烏龜！於是眼睛直瞪瞪地看著王府井，耳朵豎了起來。

王府井把書包帶子又捆了捆，只是眼睛露在外面，又把小烏龜捧在手上。

王府井嘴裡念念有詞：「好玩！佳佳龜，一分鐘跑，一分鐘飛，還有一分鐘打瞌睡，我要穿過這段牆，到公園去……。」

胖子奇怪地看著王府井，轉臉對瘦子使了個眼色：「這孩子是不是神經病啊？」

瘦子點點頭。

王府井向前邁進一步，當他的手腳剛剛觸到牆壁的一剎那，王府井消失了。

兩個陌生人目瞪口呆，不約而同地從椅子上跳起來，目不轉睛地瞪著那段高牆。

好一會兒，兩個人才清醒過來。

瘦子問胖子：「那個孩子是不是到牆那邊去了？」

胖子回答：「我怎麼知道！我看他忽地一下就沒有了！」

「不是做夢吧？」

「不是做夢！你看地下的那堆書！」

瘦子說：「哇！好神奇啊！他手裡拿的一定是隻神龜！」

「對！也沒準是什麼最高級科技產品——說不定就是一個物質傳送器！」

「不論是消失了還是穿牆而過，反正是好東西！」

兩個人原來是一對專門進行偷竊的壞蛋。一眨眼的工夫，他們就意識到那個「小烏龜」對他們所具有的重大意義：如果有了這隻小烏龜，無論是穿牆還是消失，都將給他們的偷竊行業帶來劃時代的轉變。

兩個人發瘋一樣地向公園大門跑去。

剛跑了幾步，瘦子突然抓住胖子的衣袖：「你跑什麼？」

「去把那個小烏龜搶過來！」胖子邊跑邊說。

「他不會給你的！」

「他還是個小孩子，沒關係！」

「不行！萬一碰上別的人就壞了！」

「你說怎麼辦？」胖子氣喘吁吁地停下來。

「你馬上到花鳥魚蟲商店買一隻差不多的小烏龜回來，我先穩住他，只能智取，不能強攻。」

胖子說：「你瘦，你跑得快，你去買小烏龜。」

瘦子想了一下，朝另外一個方向跑去。

胖子急忙跑進公園的大門，找到王府井剛才穿牆而過的位置。他奇怪地發現，王府井已經不在了。難道這個孩子沒有穿牆而過，而是眞的消失了？他哪裡知道，原來王府井又做了一次試驗，又穿到牆的那邊去了。

胖子急忙又往公園外面跑。就在他剛剛跑出公園的時候，他看見王府井正在整理書包。

胖子急忙跑了過去，一邊跑一邊大叫：「小同學，等一等！小同學，等一等！」

王府井不知道發生了什麼事情，奇怪地看著這位陌生的胖叔叔。

胖子跑到王府井跟前，一屁股癱倒在椅子上。

「你這麼著急幹什麼？」王府井好心地問。

胖子擦了一下額頭上的汗說：「我們家裡有人得了重病，我要去找醫生，可是……可是，我實在跑不動了。」

王府井納悶地說：「你找醫生，爲什麼不去醫院，跑到公園來幹什麼？」

胖子搖搖頭：「你不知道，我在找醫生之前，先要找到病人，可是他跑得太快了，我怎麼也追不上他。」

王府井更奇怪了：「病人跑得比你還快？」

胖子點點頭：「對！他不是普通的病人，他是個精神病人，他的腦子有毛病，可是跑得卻很快！」

王府井有些明白了，可他不知道胖子找他幹什麼。

「叔叔，我能幫你什麼忙呢？」

「把你的小烏龜借我用一下。」

王府井警惕地把小烏龜放進了口袋：「這可不成，再說，你追病人，要借我的小烏龜幹什麼？」

胖子擺擺手：「小同學，你不要誤會，聽我慢慢說。我這個病人有個很奇怪的毛病，他非常非常喜歡小烏龜，只要看到小烏龜，他就不走了，會變得非常安靜，我只是借一下，馬上就還給你。」

王府井搖搖頭：「從來沒聽說過，還有這樣奇怪的病人。」

「幫幫忙，小同學，幫幫忙，小同學，你自己拿著小烏龜，可是你不要走，等我的病人來了看一眼你再走好不好？」胖子裝著特別讓人同情的樣子。

「我下午還要上學呢⋯⋯。」王府井有些猶豫了。

「就一會兒，就一會兒，幫幫忙。」胖子雙手作揖，不時地用眼睛看著遠處。

就在這時，瘦子出現在公園門口。

胖子急忙喊起來：「喂，好兄弟，我這裡有小烏龜，快來啊！」

瘦子望這邊看了一眼，立刻飛跑過來。

胖子興奮地對王府井說：「你看，多靈，他一聽說小烏龜，馬上就跑過來了。」

王府井心裡也很高興。這世界真有意思啊！簡直是無奇不有。不過，看著瘦子越跑越近，漸漸有些害怕起來。精神病人是不是會打人啊？會不會搶走他的小烏龜啊？

王府井站起身來說：「既然你的病人來了，我就走了。」

胖子急忙說：「這可不行！你一定要讓他看一眼，否則，他會永遠追著你！」

王府井更害怕了，如果被一個瘋子追著跑，那是多麼恐怖的事情啊！他只好勉強又坐在椅子上。

瘦子跑到椅子前，直呆呆地看著王府井，又看看自己的同伴，他不知道事情已經進行到什麼程度了。

胖子給瘦子使了個眼色。瘦子點點頭，表示小烏龜已經買來了。

胖子轉身對王府井說：「來，把你的小烏龜給他看一眼，就看一眼。」

王府井把小烏龜從衣兜裡掏出來，緊緊攥在手裡，伸了出去。

胖子對瘦子說：「看見了吧！多好的小烏龜啊！」

「拿在手裡看不清，放在地上再看看！」瘦子說。

胖子對王府井說：「你把牠放在地上，我們不碰牠，就遠遠地看，行了吧？」說著話，胖子拉著瘦子的手，一起向後退了一步。

王府井遲疑地把小烏龜放在地上。

這時，胖子突然指著王府井的身後驚訝地說：「啊！你怎麼來啦？」

王府井不由自主地回過頭。

說時遲，那時快，就在這短短的幾秒鐘之內，瘦子用買來的小烏龜把王府井的小烏龜調換了。

王府井回過頭奇怪地說：「什麼也沒有啊？」

胖子笑咪咪地說：「我看你太緊張，跟你開個玩笑。」

王府井一把將小烏龜抓在手裡。

胖子對瘦子說：「看清楚了吧！」

瘦子呆呆地點點頭：「看清楚了！」

胖子站起身來，一面向王府井道謝，一面扶著瘦子向公園門口走去。

王府井鬆了一口氣，把小烏龜放到衣兜裡，轉身向學校跑去。

第八章
弄巧成拙

下午課外活動的時候，大部分同學按照老師的要求，女生跳繩，男生踢足球，只有一小撮人蹲在牆邊，聽阿胖講故事。其實阿胖講的根本不是什麼故事，只是他爸爸又帶他到什麼地方旅遊啦！吃什麼稀罕東西啦！他又跟著媽媽見到了什麼歌星啦！——特俗！一點意思都沒有。張偉男那樣的人居然也坐在一邊聽。

要是往常，王府井早遠遠地躲開他們去踢球了，就是上不了場，站在一旁給大家撿球也比聽阿胖胡侃要強得多。

可是今天不同，王府井沒有走開，他兩臂交叉擺在胸前，微笑著站在一旁，平靜地看著他們。

他們顯得多麼幼稚啊！阿胖那樣質量的談話居然讓他們能聚精會神地豎著耳朵。

麻雀和錢玲玲不知道什麼時候也湊了過來。

王府井忍不住了，他冷笑著說：「有什麼意思啊！俗不可耐！」

大家嚇了一跳，一起抬頭，看見了這位不合時宜的傢伙原來是王府井，而王府井是從來不敢這樣公開挑釁的，況且挑釁的對象是阿胖這樣重量級的人物。

阿胖爲了把他的「故事」繼續講下去，顧不上王府井的挑釁，只是順便說了一句：「你有病啊！」說完，又繼續他的講話。

王府井卻沒完沒了：「我沒有病，你才有病呢！」

阿胖從地上跳了起來：「你想打架嗎？」

王府井胸有成竹地說：「打架幹什麼，那是匹夫之勇！」

阿胖愣住了，他上下打量著王府井，似乎第一次認識眼前這個不知深淺的傢伙。

「你說比什麼？」

「隨你便！」

阿胖緊緊腰帶，站在牆邊，彎下腰，雙手著地，忽地一下來了個投手倒立，雙腳踏在牆上，待了兩三秒鐘，恢復了原狀，撣撣手上的土：「你也來一個，如果來不了的話，立刻滾蛋！小心我對你不客氣！」

金豆跑過來，拉住王府井的手：「王府井，你今天這是怎麼啦？」

王府井甩開金豆的手，搖搖頭說：「倒立算什麼？我能夠穿牆！」

大家先是一愣神，接著便哈哈大笑，緊張的氣氛立刻消失了。大家明白了，王府井太寂寞了……。

阿胖笑著說：「穿牆？從這邊走到大街上去？」

王府井微微點頭：「對！從這邊到大街上去！」

金豆驚訝地問：「就像嶗山道士那樣把腦袋撞個大包？」

大家又笑，他們第一次發現，王府井原來是這樣的幽默，他今天主動爲大家開心。他的表情眞是讓人忍俊不禁，連阿胖也對王府井的苦心表示理解。

王府井不願意再和他們費話，他手裡緊緊攥著放在褲兜裡的小烏龜：「好玩！佳佳龜，一分鐘跑，一分鐘飛，還有一分鐘打瞌睡。幫幫忙，我要穿牆！」

剛一說完，王府井就像撞口袋一樣往牆上衝去。幸虧金豆拉了他一下：

「你真要撞牆啊！」

「不要管！我要讓你們知道我的厲害！」

因爲金豆的阻攔，王府井撞牆的速度小了一些。但這也沒有妨礙他一屁股坐在地上。

大家再也忍不住了，拍巴掌跺腳地大笑起來，他們發現王府井是一個相當不錯的小品演員，他剛才的表情那樣認眞嚴肅，就跟眞的一樣。

阿胖「寬厚」地走到王府井身邊，幫助他站起來，嘴裡連連說：「佩服，佩服，你的表演眞是絕了……，比我強！比我強！」一面說還一面嘻嘻地笑。

事到如今，王府井也不好再爭辯什麼，只好苦笑著說：「我剛才還試過的，挺靈的，怎麼現在就不行了呢！」

大家又笑了起來。

回家的路上，王府井哭了；他把小烏龜當做朋友，而小烏龜卻在關鍵的時候坑了他。

回到家，王府井關上自己的房門。把小烏龜放到電腦旁，傷心地說：「小烏龜，我要和你正式地談談。以前我在請求你的時候，你都按照我的願望辦事，儘管出了錯，那都怨我！我把你當成好朋友。可是今天，你非常不講信用，在最關鍵的時候，你騙了我，讓我當衆出醜。如果你不願意和我在一起，或者也像別人一樣看不起我……只是取笑我……，我希望你離開我。」說著，說著，王府井委屈地哭了起來。

他沮喪地打開電腦，想看看今天的「成績」。

可是佳佳龜聊天室卻沒有新內容，連畫面裡的小烏龜也不知道哪兒去了。

正在王府井為失去友誼而難過的時候，偷了佳佳龜的兩個傢伙正在一家飯店大吃大喝，他們為得到一個意想不到的寶貝慶賀，同時也急不可待地策劃著一個重大的陰謀。

夜深人靜的時候，他們各自揹了一個大大的空提包，來到了全市一家最大的銀行旁邊，銀行大樓頂上的霓虹燈還亮著，可是銀行的大鐵門早早就已經關閉了，整個街道上，一個人影也沒有，靜悄悄地讓人覺得有些害怕。

他們走到銀行一側高牆的跟前，瘦子把小烏龜拿了出來捧在手裡說：「好玩！佳佳龜，一分鐘跑，一分鐘飛，還有一分鐘打瞌睡。讓我們倆穿牆過去，不論多厚的水泥，多厚的鋼板……只要有錢的地方，有財寶的地方，就讓我們進去……。」

話剛一說完，他們就覺得背後被什麼東西猛推了一下，就像是點著了火的火箭助推器，兩個人飛了起來，就好像進了時空隧道。

一眨眼的工夫，兩個人重重地摔在什麼地方，眼前漆黑一片，寂靜得連互相喘氣的聲音都聽得見。

好一會兒，他們驚魂稍定，瘦子對胖子說：「這是什麼地方？」

「不知道，你的身子壓住我的腿了，我根本不能動！」

「我也不能動！怎麼這麼擠啊！」

瘦子打開手電筒。在燈光的照射下，兩個人緊緊地擠在一起，一動也不能動，他們的身邊堆滿了成捆成捆的鈔票。

胖子隨手拿起一捆錢，驚喜地說：「哇！我們發大財了！」

瘦子說：「不對頭啊！這地方怎麼這麼小啊！」說著，他用手拍了拍四面的「牆壁」，牆壁發出空洞洞的鋼板的聲音。

胖子驚恐地叫起來：「壞了！我們在保險櫃裡呀！」

空氣漸漸稀薄起來，他們覺得心裡發悶，開始不能正常呼吸了。

「快找門！我們馬上出去！」

「保險櫃不容易進來，也不容易出去呀！」

瘦子突然看見手裡的小烏龜，頓時喜出望外，急忙懇求道：「好玩！佳佳龜，一分鐘跑，一分鐘飛，還有一分鐘在開會……小烏龜，快讓我們出去吧！」

情急之中，瘦子連口訣都念錯了，只見小烏龜在他手中閃了一下，然後就看不見了……

兩個小偷再也顧不上偷錢了，他們使勁地敲著保險櫃的四壁，這個時候，他們多希望警察能「抓」到他們啊！

兩個小偷準備鑽進銀行的時候，王府井正在家裡復習一道算術題。今天上午上課的時候，數學老師問：「一隻井底的青蛙要從井底爬上來。每天向上爬三尺，往下掉一尺，井高十尺，問青蛙幾天可以爬上來？」

許多學習好的同學紛紛舉手，不一會兒就有了標準答案。

王府井想，如果青蛙每天向上爬三尺往下掉四尺，答案是什麼呢？

他舉起手問老師這個問題。

老師皺著眉頭說：「青蛙只可能往下掉三尺，不可能往下掉四尺。」

王府井很奇怪，爲什麼不能掉四尺呢？

老師有點不耐煩，於是請張偉男來回答。張偉男說：「因爲那是一隻傻青蛙！」

同學們一起笑起來。

老師搖搖頭：「王府井，你的問題很可笑！青蛙掉在了井底，就不能再往下掉了，所以只能掉三尺。」

王府井恍然大悟，這才明白了張偉男說的傻青蛙是什麼意思。

王府井就是那隻傻青蛙！

房間裡忽然響起了沙沙沙的聲音，王府井循著聲音扭頭看去，他驚訝地發現電腦的螢光幕自己亮了起來，而且還傳出有敲東西的聲音，咚！咚！咚咚！好像在敲一塊大鐵板。

王府井急忙跑到電腦跟前。

螢光幕上居然出現了畫面，開始是模模糊糊的，漸漸清晰了，王府井看見一胖一瘦的兩個人正緊緊地靠在一起拍打著旁邊的「牆壁」，王府井認出來了，就是白天在公園旁邊遇到的兩個人……，他們在幹什麼？光線很暗，王府井怎麼也看不明白。

畫面亮了起來。王府井看清了，胖子和瘦子的身邊都是錢！胖子和瘦子從一個小門裡掙扎著鑽了出去，在一個大廳裡，他們的身邊站滿了荷槍實彈的警察。

王府井立刻明白了，在公園門口，一定是他們趁著王府井回頭的時候，用那隻普通的小烏龜把「佳佳龜」調了包，然後用「佳佳龜」去做壞事。這兩個壞蛋！

螢光幕的光亮熄滅了，聲音也消失了，一切又恢復了正常。

就在這時，王府井發現電腦的游標前出現了兩隻小烏龜，王府井又重新啓動電腦。

佳佳龜聊天室出現了。小烏龜邁著蹣跚的步子走了出來。

螢光幕上出現了一行字：

今天出現了意外情況。兩次穿牆不計算！你仍然還有五次機會！

一塊石頭落了地，王府井的心情立刻變得好了起來。他想，既然是這樣，明天一定要帶著小烏龜在阿胖他們面前「表演」一下，爲自己挽回聲譽。可轉念一想，這樣珍貴的機會如果光爲了讓大家誇獎稱讚一下，似乎有些不值得，如果眞的那樣做了，他就會跟那隻向上爬三尺，往下掉四尺的傻青蛙一樣！

第九章 幸運大獎

星期日的那天，是王府井最難忘的一天，那是他覺得最有意思的一天，也是最累的一天，也是最渴的一天，也是最知道金錢有多麼重要的一天。

那天早晨，天還沒有亮，全班同學就在校門口「全副武裝」地集合了，他們要到很遠很遠的南山去郊遊！每個人身上都揹了不少東西，爲的是不愁吃、不愁喝，玩得舒服。

可是，世界上所有的事情都有相互對立的兩個方面，食品帶多了，吃喝倒是方便了，可揹著這麼多東西走路就很吃力；衣服帶多了，雖然凍不著、熱不著，可是行動就很笨拙。

王府井就是爲了帶什麼東西，不但從家裡晚出來半個小時，差點遲到，還和媽媽鬧得很不愉快，媽媽堅持讓他帶上雨傘，他堅決不帶；媽媽還堅持讓他帶上一件毛衣，說冷了就穿上，熱了就脫下來放到書包裡，王府井只好妥協——用毛衣把雨傘換下來。

最後，王府井的全部食品是兩瓶飲料、兩根火腿腸、兩個麵包、兩個熟雞蛋、兩個蘋果、兩盒果凍……，和大多數同學比起來，王府井帶的東西算是少的，王府井心裡多少理解了一些媽媽的苦心。

旅遊從上了大汽車那一時刻就算開始了。本來，旅遊主要是看外面的風景，可是許多同學一上車就開始吃，開始喝。和看風景相比，吃喝倒成了一個更加重要的節目。

上了車吃，下了車還吃，休息的時候吃，走路的時候也吃，不但吃自己帶來的東西，還花錢買路邊的零食吃。吃中午飯的時候，許多同學帶的食物基本上都吃完了，帶的飲料也差不多喝完了，兜裡的錢也差不多花完了。本來按照預定的日程，大家看完南山最高處的一個寺廟之後，就該坐纜車下山了，然後再坐大汽車回學校，大約下午兩點多鐘就可以回家。

可是，不該發生的事情發生了，預想不到的事情出現了——纜車發生了故障，纜車的出口處擠滿了吵吵鬧鬧的人群。

「什麼時候修好啊？」遊客都在焦急地打聽。

「說不準——」服務員搖搖頭。

「今天能修好嗎？」

「不一定。」服務員冷冷地說。

「太不像話了！難道就讓我們待在山上嗎？」

「對不起，我沒有辦法——」服務員攤開雙手。

再問下去已經沒有任何意義了，許多年輕的遊客開始徒步往山下走，山中的景色是非常迷人的，徒步遊覽遠非在纜車上觀看所能相比。

小學生們不知道山路的艱難和美麗的風景是一隻手的正面和背面，他們躍躍欲試地懇求宋老師帶他們走下去。

宋老師猶豫了一下，然後問大家：「你們怕不怕累？」

「不怕！」

「你們怕不怕苦？」

「不怕！」

王府井的手一直在摸著他的「佳佳龜」。他想過，讓「佳佳龜」在這關鍵的時候爲大家做件好事，但轉念一想，只有三分鐘的時間，三分鐘，纜車停在半空中不是比根本不坐更要命嗎？

宋老師勇敢地揮了揮手。同學們跟著她踏上了第一級下山的臺階。

下山的路並不陡，也不危險。大家都發現走路下山比坐纜車要好玩得多。麻雀和錢玲玲還高興地唱起了歌。王府井甚至還暗暗慶幸今天纜車發生了故障，在山裡走，多有意思啊！一會兒是遮天蔽日的參天大樹，一會兒是從山崖上倒掛下來的泉水，一會兒又看見雲彩就在自己的身邊游動——

走了一個多小時以後，情況就不太一樣了。

麻雀先問了起來：「宋老師，還有多遠啊？」

「有三分之一了吧？」

「喲！還有那麼遠啊！」女生們不約而同地叫起來。

金豆笑嘻嘻地說：「就妳們女生嬌氣，關鍵的時候就不成了吧？」

王府井也隨聲附和地說：「還總看不起別人，怎麼樣？考驗妳們的時候到了。」說罷，向前邁上幾大步追上了走在前面的金豆。

麻雀雖然累得氣喘吁吁，但嘴巴卻依然厲害：「和女生逞能有什麼本事呀！你快走了幾步就不是王府井了嗎？」

王府井覺得挺沒意思，往前走也不是，往後退也不是，他拉住麻雀的背包：「我來替妳揹吧！」

麻雀甩了一下她的小辮子：「我才不用呢——」

隊伍行走的速度越來越慢，休息的次數也越來越多，嗓子眼裡也覺得越來越渴了。

老天爺卻好像故意和大家作對！天氣越來越熱，而且一絲風也沒有，兜裡本來就沒剩幾個錢，山上的飲料又出奇的貴！

又過了一個小時，走的路還沒有前一小時一半的距離，男同學也再沒有力氣充當「男子漢」了，一個個蔫頭耷腦的，像一群殘兵敗將。

金豆張著大嘴，好似一隻缺了氧氣的魚浮出水面，一張一合地喘著粗氣：

「王府井……看……看過《水滸傳》嗎？」

「看過。」

「知……知道智取生辰綱嗎？」

「知道。」

「青面獸楊志押解著生辰綱走到黃土崗……就這麼渴吧？」

王府井點點頭，他不願多費唾沫。

一個賣飲料的攤位出現在他們面前。

阿胖走上前買了一瓶大可樂，獨自喝了起來。

金豆看看阿胖又看看王府井：「你還有錢嗎？買瓶小可樂，我們兩個人喝，回家我把錢還給你。」

王府井抱歉地說：「實在對不起，我要是有錢，不用你說……」

阿胖的確不是一般的人，他在全班同學羨慕的目光下，居然旁若無人地獨自享用那瓶他根本喝不完的誘人的液體。

在前一個休息點，宋老師把身上所有的錢都拿出來買了幾瓶泉水分給大家，阿胖也照喝不誤，他現在竟然都沒有送一點可樂給宋老師，宋老師當然不一定喝他的，可說的是那個意思……

王府井走到阿胖身邊：「阿胖……」

「幹什麼？」

「我要是你，我就把可樂分給別人喝一點。」

阿胖笑笑：「可惜你沒有可樂。」

王府井不甘心地又說：「你沒聽明白，我說，我要是你，我就把可樂分給別人一點。」

阿胖生氣了：「我早聽明白了，可惜，你不是我，我也不是你——」

王府井沒想到阿胖這樣自私，他想起了他的小烏龜，他想變一瓶可樂，或者變許多可樂，甚至變出一些錢來買飲料給大家喝，這可是助人為樂的好事。大家又喝了飲料，小烏龜還可以給他加分。

王府井摸著小烏龜正想念口訣，轉念一想，乖乖，只有三分鐘，大家剛喝了幾口，可樂就連瓶子都消失了，那怎麼辦？如果換成錢去買可樂，錢過一會兒就沒有了，這不是欺騙人家嗎？不成！

想來想去，王府井突然想變一瓶「假」可樂和阿胖的換，對付阿胖這樣黑心的傢伙沒有什麼關係。對，就是這個主意！

王府井嘴裡念念有詞，話剛一說完，他的手裡就出現了一瓶可樂。

王府井急忙拿著瓶子湊到阿胖跟前：「阿胖，我用這瓶可樂換你的可樂怎麼樣？」

阿胖奇怪地看著王府井：「用我這半瓶換你那一瓶？」

「對！要換就快點換！」

金豆突然跑上來：「王府井，你有病啊？你不是傻子嗎？」

王府井用手擋住金豆：「不用你管。」又轉臉對阿胖說：「你要再不換，我就不換啦——」

阿胖不慌不忙地說：「我本來就不想換，你那瓶說不定是僞劣產品。」

王府井擰開瓶蓋，仰著脖子喝了一大口，遞給金豆：「要喝就快喝一口！」

金豆喝了一口，又遞給在一旁的錢玲玲，沒想到，錢玲玲是個很愛乾淨的小姑娘，她掏出一塊手帕把瓶嘴擦了又擦，拿出一張方巾紙又擦了一下。

王府井看在眼裡，急在心頭，眼看三分鐘就要到了，麻雀的眼睛正眨巴眨巴地看著那瓶可樂呢。

錢玲玲終於喝了兩口，王府井一把搶過來遞給麻雀，就在這時，可樂瓶子突然消失了。

王府井心裡暗暗叫苦。

「瓶子呢？」麻雀奇怪地問。

「我也不知道！」王府井只好撒謊。

麻雀眼睜睜地看著瓶子消失了，氣急敗壞地說：「你還說阿胖自私呢？你比阿胖還自私！你爲什麼把瓶子藏起來？」說著，突然委屈地嚎啕大哭起來。

王府井毫無辦法，拍著自己的腦袋，還不如根本就沒有這瓶可樂呢！

幸虧金豆分析說：「是不是掉到山底下去了……？」

麻雀還在哭：「我要是有錢，我要買一卡車可樂，天天跟著我，誰都可以喝，就是不給王府井喝。」

王府井眞心地說：「對不起，麻雀，我要是有錢，我一定給妳買許多可樂讓妳永遠喝不完。」

阿胖在一旁幸災樂禍地說：「可惜你們都沒有錢！尤其是王府井——你們這叫作精神會餐。」

大約下午五點多鐘的時候，王府井疲憊不堪地走進家門，一下子倒在床上：「啊！累死我啦……。」

爸爸媽媽穿戴整齊地從裡屋走出來，要出門的樣子。

「媽！給我拿瓶可樂來！」王府井說。

「現在的孩子眞是嬌氣，去旅遊一趟就好像受了多大的苦，立了多大的功勞，要喝自己去拿！」

王府井沒有力氣再跟媽媽訴說今天的「艱苦歷險」，他的嗓子裡已經沒有了一丁點水分。

爸爸走過來，拍拍王府井的腳：「把鞋脫掉再上床。」

王府井哼了一聲。

爸爸又說：「黃叔叔病了，我和你媽媽要去醫院看看他。」說著，爸爸又把四張彩色的小紙片舉到王府井的面前：「這是我中午買的四張福利彩票，第一次開獎什麼都沒有中，今天晚上七點鐘第二次開獎，我們沒有時間去了，你在七點鐘之前到新街口希望大廈去看看有沒有中獎。」

王府井搖搖頭：「根本沒戲唱！」

「萬一呢？得了水壺或者茶杯也好啊！」

王府井又搖頭。

爸爸說：「好吧，你隨便吧，反正得的東西都歸你，你不去也沒有辦法。」

爸爸的話還沒說完，王府井已經迷迷糊糊地睡著了。也不知道過了多少時間，他被電視裡新聞聯播的開始曲驚醒了，一抬手，發現手裡攥著四張彩票。

王府井猛地想起了爸爸臨行前囑咐他的話。

一種強烈的好奇心，讓王府井從床上跳了起來，他從冰箱裡拿了一瓶可樂就向門外跑去。十分鐘後，王府井已經站在了希望大廈的門口。

往日稀稀落落的商場門口今天是熙熙攘攘，人頭攢動，所有人的目光都盯著那幅巨大的電子廣告牌。

一個老頭拍拍王府井的肩膀：「小同學，你擠什麼呀？」

「老爺爺，開獎了嗎？」

老爺爺點點頭。

「多少號？」

老爺爺伸開巴掌，展開一張小紙條，上面有幾組號碼。王府井的眼睛都瞪圓了，他急忙拿出自己的彩票一個一個地對著，最後一拍腦門：「哎呀！就差一個數！」

老爺爺探過頭來，一張張地幫王府井看：5641、5642、5643、5644……最後，老爺爺苦笑著說：「你要是5541就好了，5541可以得個電冰箱。」

「眞倒楣！」

「小同學，靠這個發財可不行啊！」

「哪，您怎麼還來？」

「你這孩子！我是爲你好哇。我老啦！我沒有別的辦法，只好來碰碰運氣，你還小，可以好好學習，靠自己的本領掙大錢。」

王府井點點頭又問：「就這麼幾個號啊？」

「這是三等獎。」

王府井心中又燃起了希望：「二等獎呢？」

老爺爺又翻過小紙條的後面：「二等獎上也沒有你這幾個數……。」

「哪，大家怎麼還不走呢？」

老爺爺說：「傻孩子，一等獎還沒有開獎呢！」

王府井興奮地跳起來：「哇！我還有希望啊！」

老爺爺自言自語地說：「幾萬人都覺得自己有希望，可是得獎的只有一兩個人啊！」

王府井小狗似的在老爺爺身邊不安地走來走去。

「行行好吧！你歇一會兒好不好，我看著你都眼暈。」

王府井只好停下腳步，直盯盯地看著廣告牌，這時，他忽然想起了佳佳龜！

他被得大獎的渴望牢牢地控制住了，也不管這種要求是否合理，不管是不是能加分，反正能得獎就成！於是不假思索地念起口訣：「佳佳龜，讓我得大獎吧！」

廣告牌突然亮了，全場的人都屏住了呼吸，廣場上寂靜得一點聲音也沒有。

一個女人好聽的聲音從擴音器裡傳出來：「請注意！請注意！大家盼望的一等獎的號碼已經誕生了，號碼是5641、3525。」

隨著她的聲音，那兩個號碼太陽般地出現在廣告牌上，歡樂的音樂響徹整個廣場。

還沒等王府井反應過來，老爺爺已經拍著他的肩膀：「小東西！你中啦——」

老爺爺也不知道怎麼有那麼大的力氣，差點兒把王府井拍了一個大跟頭。

王府井如夢方醒，他像足球場上進球的足球隊員一樣向前跑了幾步，然後雙腿彎曲，在地面上滑了幾米多，廣場的地面可不比綠茵場，但他卻絲毫沒有覺得一點疼痛，直到他回家的時候，才發現膝蓋的地方都磨破了。

全場的目光都向這裡轉移，王府井成了全場的焦點。

老爺爺十分感慨地說：「唉！老天爺太不厚道了，我買了這麼多年彩票，命運還不如一個小娃娃好！」

擴音器裡又傳出那個女人的聲音，比剛才更悅耳、更動聽：「請中獎人在三天之內，帶著身分證到希望大廈三樓A座領取您的獎品和獎金……」

許多人圍著王府井：「小傢伙，你可發財啦！」

「是什麼獎品？」王府井這才發現他光顧高興了，還不知道獎品是什麼。

「五萬塊錢！」

王府井幾乎要暈倒了，五萬塊！這是一個多麼陌生和耀眼的數字啊！

王府井推開家門的時候，爸爸媽媽已經回來了，看見王府井，媽媽說：

「到哪兒去了？這麼晚才回來，剛才還說累得要死呢！」

看爸爸媽媽那個樣子，好像早把彩票的事情給忘記了……

王府井神秘地笑笑：「你們眞不知道我去哪兒了嗎？」

爸爸一拍巴掌：「嗯！去看開獎了，怎麼樣？什麼也沒帶回來，連個喝水的杯子也沒有嗎？」

「對！沒有喝水的杯子！」王府井兩手空空。

媽媽嘲笑地說：「還說不去呢！我看你也沒那麼瀟灑！弄了兩手空氣回來……。」說著她又轉身埋怨爸爸：「我說不讓你買吧！不但花了錢，還賠上了時間，不但賠了老子的時間，還賠了兒子的時間。」

爸爸尷尬地說：「嗨！就算我們捐獻給福利事業嘛！」

王府井已經按捺不住心頭的興奮，可能是心把所有的喜悅都佔有了，臉上反倒變得毫無表情：「爸爸媽媽，咱們中獎了。」

「好啦！咱們不談什麼中獎的事情了，咱們說說今天晚上吃什麼吧！」看樣子，媽媽已經厭倦了關於彩票的話題。

王府井心中有數，顯得更加平靜，把剛才的話又重複了一遍：「爸爸媽媽，咱們中獎了。」

爸爸的眼睛變得明亮起來：「什麼獎！拿出來我們看看！」

媽媽也開始注意兒子的表情了，不再說那種打擊的話了，愣愣地看著王府井。

「三天之內，拿身分證在希望大廈三樓A座去領。」王府井一板一眼地說。

「什麼獎要拿身分證？」媽媽發現事情「嚴重」了。

「一等獎，五萬塊！」

爸爸媽媽呆住了，王府井從來沒有見過爸爸媽媽這樣的表情，他知足了！他長這麼大，從來沒有見過他的話能引起爸爸媽媽如此的專注和驚訝！

「是不是開玩笑？」好一會兒，爸爸媽媽不約而同地問。

「千眞萬確！」王府井把彩票遞到爸爸手上，鄭重地指著寫著5641的那一張。

爸爸媽媽拿過彩票在燈下仔細審查之後，互相對視了一會兒，沒有說話。

王府井覺得好生奇怪！

沉默了一會兒，爸爸對王府井說：「我和你媽媽商量點事兒，你先在這裡等一會兒。」說著話，爸爸媽媽就一起走向裡屋，把門關上了。

王府井更奇怪了，爸爸媽媽不會是高興得腦筋出了問題吧？

等待的時間是這樣漫長，時不時地裡屋還傳出媽媽高聲說話的聲音，說什麼也聽不清……，王府井心想：他們準是怕我分他們的錢！商量著怎樣對付我！

他上前敲門：「你們不用商量了，我一分錢也不要！」

爸爸媽媽一起走出來。

爸爸讓王府井坐下：「你不要著急，爸爸想跟你談件事。」

王府井不情願地坐下了，嘴巴噘得老高。

爸爸把彩票一張一張地平攤在桌上，然後說：「小井，你來看看犄角上的字母。」按著爸爸手指的地方，王府井看見每張彩票的一角上都用鋼筆寫著字母，兩張上寫著H，另外兩張上寫著W。

王府井抬頭看著爸爸，不明白這是怎麼回事。

爸爸說：「今天中午我去買彩票的時候，黃叔叔給了我二十元錢，託我給他買兩張，說是碰碰運氣，我買了以後就在上面做了記號，寫著H的是黃叔叔的，寫著W的就是咱家的。第一次開獎的時候，什麼也沒中，剛才我和你媽媽去看他，也就忘記了說這件事，現在中了大獎的就是黃叔叔的這張……。」

王府井愣住了，他做夢也沒有想到四張彩票裡還會隱藏著這樣「重大」的「秘密」。

爸爸說：「我們特別想聽聽你的意見。」

媽媽也湊到跟前說：「你怎麼想就怎麼說。」

王府井心裡頓時成了一團亂麻，在開大獎之前他曾經求過佳佳龜，如果沒有小烏龜的幫助，大獎怎麼會落到這張彩票的身上！可是，這些事情怎麼能跟爸爸說得清楚呢？

王府井想了一會兒問：「黃叔叔知道你做記號的事情嗎？」

爸爸搖搖頭：「不知道……」

房間裡安靜極了。

一隻蚊子不知道什麼時候竄到房間裡來了，也不小心地趴在一旁，並且圍著王府井的腦袋左右盤旋，王府井用手來回搧了幾次，狡猾的蚊子就像一隻老練的偵察機，總是「超低空」飛行！如果想打到牠，說不定就會搧到自己的臉上。王府井肩不晃，頭不搖，只是眼珠來回搜尋著蚊子的軌跡。

「啪」的一聲響，王府井一巴掌打在下巴上，蚊子被消滅了。

「小井，說話呀！」媽媽在一旁著急地說。

此時，王府井決心已下，但他一字一句地說：「按我的意見，全部獎金都給黃叔叔！」

爸爸媽媽愣了一會兒，眼睛裡閃出又驚又喜的目光。

爸爸突然激動地拉住王府井的手：「孩子，我和你媽媽等的就是你這句話！」

王府井又說：「不過，你們得答應我一個條件！」

「什麼條件？」

「給我買一箱可樂！」

「好！兩箱也可以。」

「還有一個條件。」

「什麼條件？」

「讓我把這個好消息告訴黃叔叔好嗎？」

臨睡覺之前，王府井打開電腦。

他查看了一下得分的情況，他使用了一次機會，變出了一瓶可樂，他得到了五分。

王府井很奇怪，表格上怎麼沒有彩票得大獎的事情啊？

佳佳龜：「彩票得大獎的事情我根本沒有幫忙！」

哇！黃叔叔的運氣可眞好啊！

佳佳龜評語：

錢是很好的東西，但在這個世界上比錢更珍貴的還有很多很多。爲了獎勵

你的善良和公平，你將再獲得兩次請求佳佳龜的機會！

王府井高興得一下子蹦到床上，沒有一會兒，他就幸福地睡著了。

第十章 算命先生

第二天下午放學的時候，王府井叫住了正要回家的麻雀。

「幹什麼？」麻雀不友好地把脖子扭到一邊。

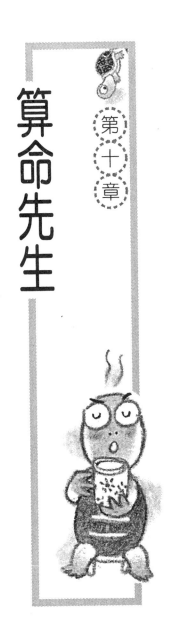

「我還欠妳點兒東西。」王府井友好地說。

「你欠我的東西多了！上次說借給我卡通書，還爲遲到找藉口，結果你根本就沒有那麼回事！……昨天，想喝你點可樂，那是給你面子，你卻把瓶子給藏起來了，大家都說你善良，其實你一點兒也不善良，你的鬼心眼兒可多了。」麻雀一口氣，歷數了王府井許多「罪狀」，說得王府井簡直透不過氣來。

儘管如此，王府井仍然低聲下氣地陪著笑臉，他記著爸爸經常跟他說：「精誠所至，金石爲開。」

麻雀說累了，王府井急忙插嘴：「妳說完了嗎？」

「沒完——」麻雀眞是個得理不饒人的傢伙。但她實在是暫時想不出什麼了。

「妳一會兒在家等我，我要送給妳一件禮物，彌補我昨天的過失。」王府井誠心誠意地說。

麻雀愣了一下：「什麼禮物？我才不稀罕你的什麼禮物呢！」話雖這麼說，目光卻溫和了許多。

「你就在家等著吧！千萬等著我——」說完，王府井就獨自向校門口跑去。

麻雀剛進了家門，心裡就七上八下地思量起來。她幾次走到窗前望著家門口的小路。她不知道王府井今天有什麼禮物送給她。雖說不稀罕，但是送禮物總是好的呀！到了後來，麻雀乾脆就站在窗前，直盯盯地望著窗外，眼睛都瘦了。麻雀猛地想到：「這傢伙不會是騙我吧！別看他表面軟弱善良，可是蔫人有蔫主意，他要是跟我惡作劇，讓我白白等一個晚上，那就太虧了。」

有人敲門，麻雀急忙跑到門口，從觀察孔瞭望，只見王府井滿頭大汗地站在門口，雙手還搬著一個大紙箱。

門開了，王府井滿臉通紅地把箱子往前一送。

「什麼呀？」麻雀問。

「一箱子可樂，我昨天答應過妳。」

「呀！這麼多呀！」麻雀有些不好意思：「你還那麼認真呀！我可不能要你這麼多東西！」

王府井不說話，徑直走到廚房，放下箱子，又從衣服口袋裡拿出本來不想借給麻雀的卡通書：「給妳——」

麻雀臉紅了：「開個玩笑嘛！你是不是生我的氣了……？」

王府井從來沒有聽見過麻雀這樣輕聲細語地說話，他心裡感到很舒服。「男子漢說話算話！」王府井頭也不回地走下了樓梯。

麻雀一時不知道怎麼辦才好，一貫伶牙俐齒的小嘴也不聽使喚了……。

王府井走在路上，一種男子漢的氣概油然而生。

第二天上午，麻雀沒有來上學。

王府井覺得很奇怪，不會是喝可樂喝多了鬧肚子吧？不會呀！真讓人納悶！麻雀一天課也沒缺過。

平時麻雀來上學，教室裡總是嘰嘰喳喳的，讓人鬧心。今天麻雀沒有來，大家反而覺得缺了點什麼。

中午放學，宋老師叫住了王府井。

「王府井，今天麻雀沒有來上課，往她們家打電話也沒有人接，你中午去她家看看，千萬不要出什麼事情……。」

王府井正想去麻雀家裡看看，現在宋老師交給了任務，於是更覺得理直氣壯，他約上金豆和錢玲玲直奔麻雀家。

王府井按了門鈴，聽見裡面滴叮鈴地響了好久，可沒有人答應，金豆又使勁敲了敲門，還是沒有人答應。

三個人你看看我，我看看你。

錢玲玲說：「是不是病了？」

王府井說：「不會吧？要是病一定是重病，要不怎麼連話都說不出來了呢？」

金豆凝神想了一會，低聲說：「是不是家裡來了壞人，麻雀被殺害了……」

錢玲玲的聲音開始發抖：「你不許嚇唬人！門鎖不是好好的嗎？」

「妳怎麼知道門鎖是好好的？」

金豆這麼一說，王府井和錢玲玲都愣住了，因為他們誰也沒有摸過門鎖。

三個人的目光都停留在門鎖和把手上……，如果把手可以轉動，門可以打開……，而裡面又沒有人應聲……，事情可就嚴重了，說不定就像金豆說的那樣……

一瞬間，門把手就像一個魔鬼，誰也不敢去碰它，說不定一個陌生人會突然從屋裡跳出來。

「王府井，你轉一下門把手……。」金豆說。

「你勁兒比我大，你轉……」王府井往後退了半步，撞到錢玲玲身上。

「這不在乎勁大小，只要沒鎖，一轉就開。」金豆小聲說。

王府井莫名奇妙地搖搖頭。

錢玲玲又按了一下門鈴，鈴聲在裡面「恐怖」地又響了一會兒。

金豆突然說：「沒準是被煤氣熏暈了……」

王府井說：「我們去報警吧。」

金豆和錢玲玲一起響應：「對！我們去報警！」說著，金豆就往樓下跑：「我去打119！」

王府井在原地大聲喊：「不對！要打110！」

麻雀的聲音從屋裡傳出來：「不要報警——」

門外的三個人木偶一樣地呆住了。好一會兒，錢玲玲才說出話來：「哇！麻雀在家！」

三個人跑到門口：「麻雀，快開門！我們是王府井、金豆和錢玲玲——」

「我不能開門！」

「為什麼不能開門？」

「我在床上躺著呢，你們有事情嗎？」

「妳是不是病了？」

「沒有病，你們走吧。」

三個人互相看了看：「哇，好奇怪呀！沒有病大白天的不上學，在床上躺著幹麼？」

三個人只好走下樓梯，金豆神秘地說：「她是不是被壞人劫持了，身不由己啊？」

王府井心裡一動，金豆分析得很有道理。他又走上樓梯，把耳朵趴在門上聽了一會兒，什麼聲音也沒有。

王府井大聲問：「麻雀，妳沒有原因，爲什麼不上學啊？」

麻雀說：「天機不可洩漏！」

天機不可洩漏！啊，好神秘啊——

回到家裡，王府井總惦記著麻雀說的那句話，他左思右想不明白，麻雀到底有什麼天機？

王府井打開電腦，等到螢光幕上出現光亮的時候，他握住小烏龜說：「好玩！佳佳龜，一分鐘跑，一分鐘飛，還有一分鐘打瞌睡，佳佳龜，告訴我，麻雀爲什麼不來上學……。」

螢光幕的光線抖了一下，畫面上出現了佳佳龜的「呆照」，以前王府井在畫面上見到的佳佳龜總是活動的。王府井用游標的箭頭對著小烏龜點了一下，畫面上立刻出現了許多活動的圖像，就像在演電影，但畫面活動的速度比電影快好幾倍。似乎有個小女孩！

王府井定睛一看，原來是麻雀。

看樣子就是今天早晨，麻雀走出家門。

一個長相很精明的男人坐在路邊的花壇前，身邊有個書包，地上還攤著張白紙，許多人圍著他不知道在幹什麼，麻雀也湊到跟前，想看個仔細。

她剛一出現在人群裡，那個男人一眼就盯住了她。

「麻雀同學，請妳到前邊來。」男人突然指著麻雀說。

麻雀嚇了一跳，左看右看，她以為周圍的人當中一定還有個叫麻雀的。

男人笑盈盈地朝麻雀招招手：「我叫的就是妳！」

麻雀吃驚地問：「你怎麼知道我的名字？」

「我不但知道妳的名字，我還知道妳在大槐樹小學上五年級……」

麻雀愣住了：「你怎麼知道的？我不認識你呀！」

男人微笑著把食指和拇指捏在一起說：「認識妳再說出妳的名字還算本事

嗎？妳的情況我都是算出來的。」

麻雀有些害怕地說：「你是算命的？」

那個人搖了搖頭：「我不是算命的，我是一個氣功專家，我有特異功能，

來，讓我看看妳的命運怎麼樣？」

「我不算命，我還要上學。」麻雀轉身就走。那個算命先生的聲音從後邊

追過來：「妳不讓我看看，妳會後悔的——」

麻雀遲疑了一下，轉身說：「我沒有錢給你。」

那人哈哈大笑：「小朋友，妳不要害怕，我根本不要妳的錢，我只是看你

可惜；一個漂亮的小姑娘……唉！多可惜呀！」

麻雀又走回來，站在那個人的跟前。

男人從書包裡拿出一張紙，平鋪在地上說：「妳看，這只是一張白紙，妳

的命運可以在上面看出來。」

「什麼也沒有啊！」

「妳在上面吹口氣，這口氣能把妳的命運信息帶到這張紙上。」

麻雀將信將疑地在白紙上吹了口氣。

陌生人把紙在空中晃了幾下，然後閉上眼睛，嘴裡念念有詞，也不知道他在說些什麼。念完之後，他從一個水杯裡吸了口水，「噗」地一下噴在白紙上。

不一會兒，「奇蹟」出現了。

麻雀恐怖地看見剛才還空空的白紙上出現了四個火柴般大小的字：「麻雀危險」。

麻雀呆住了，只覺得小辮梢「嗖嗖」冒著涼氣。好一會兒，她才說：「我有什麼危險？我有什麼危險！」聲音都是顫抖的。

男人微笑著不說話，似乎現在麻雀走掉了他也不會「挽留」。

麻雀著急地問：「你快說呀！求求你了，快告訴我呀！」

「我這已經是給妳做出很大的犧牲了。」

「我到底有什麼危險啊？」

那人神秘地看看四周低聲說：「洩漏天機可不是那麼容易的，別人給我一百塊錢，我都不告訴他們。」

麻雀摸摸口袋：「我沒有那麼多錢啊！」

「妳有多少錢？」

「我……我只有二十塊錢……。」

「眞的只有二十塊錢？妳要心誠啊！心誠才能靈啊！」

「我眞的只有二十塊錢！」麻雀把錢掏出來。

男人彷彿是下了極大的決心說：「好吧！二十塊錢就二十塊錢吧！誰讓妳是小女孩呢！我就算是助人爲樂吧。」

男人收了麻雀的錢說：「我告訴妳吧！妳是個很有福氣的人，但是妳今天卻有血光之災！」

麻雀驚叫起來：「那，我怎麼辦呢？」

男人想了一會兒說：「好吧！我幫人幫到底，妳照我的話去做，保妳平安無事。」

「怎麼辦？」

「妳現在馬上回家，躺在床上。」

「我怎麼去上學呀？」

「過了今天，明天就可以上學了。」說著話，男人煞有介事地在麻雀手上用毛筆畫了個「+」：「記住！這件事對誰也不要說，說了就不靈了。」

麻雀點點頭。

看到這裡，螢光幕上的畫面突然消失了。

王府井驚訝地張著嘴，半天合攏不起來。哇！原來是這麼一回事呀！

王府井立刻給金豆家打了一個電話，告訴金豆麻雀不來上學的原因。

「你怎麼知道的？」金豆奇怪地問。

「我……我分析……推理……判斷出來的……。」

「我們怎麼辦？」

「我們一起去找那個騙人的傢伙！」

「我們兩個人行嗎？」

「行！有我呢！」王府井信心十足地說。

王府井和金豆來到算命先生跟前的時候，那個傢伙正在和一個小學生說：

「要想消除你的血光之災，你現在馬上回家，躺在床上……」

小學生說：「我下午還要上學呢！」

「過了今天，明天就可以上學了。」

王府井忍不住走上前，對算命先生說：「喂！你給我看看，我有沒有危險？」

算命先生心中好不得意，他發現騙小學生的錢很容易，但他表面上不動聲色，慢悠悠地從書包裡拿出一張白紙對王府井說：「有沒有危險，我說了不算，我們看看神靈是怎麼說的……」

他把紙送到王府井的面前：「你吹一口氣。」

王府井照吹了一口氣，他知道算命先生這是故弄玄虛。

算命先生把紙拿過來，往上面噴了一口水，沒有一會兒的工夫，紙上就出現了四個字：你有危險！

周圍的人都驚訝地叫起來。

算命先生得意地說：「怎麼樣！怎麼樣！」

王府井等周圍的人安靜了，這才不慌不忙地說：「這不過是一個簡單的化學小實驗。你先用藥水在紙上寫了字，藥水一乾，字就看不見了，一噴水，字又顯出來了。」

算命先生惱羞成怒地說：「你瞎說，你瞎說，你做一個我看看！」

王府井一下子難住了，他現在既沒有準備藥水，也沒有準備紙……，看著算命先生那副猖狂的樣子，王府井只好請佳佳龜幫忙，可他想不好請佳佳龜幫什麼忙，給佳佳龜的指令是需要很明確的。

王府井急不擇言：「好玩！佳佳龜，一分鐘跑，一分鐘飛，還有一分鐘打瞌睡，讓這個騙人的傢伙渾身癢癢吧！」

金豆和周圍的人奇怪地看著王府井嘴裡念念有詞，前面的聽不清楚，只聽見了最後一句！

王府井的話剛一說完，算命先生就開始不停地晃動肩膀，再過一會兒就用手不停地渾身上下地撓了起來，他的臉上露出了驚恐的神色。

周圍的人大吃一驚！他們奇怪算命先生怎麼會按照小學生的命令渾身癢了起來。

王府井暗暗高興，心想：雖然只有三分鐘，三分鐘也夠讓你難受的！

算命先生一點神氣也沒有了，他雙手作揖，連連點頭：「小同學，你饒了我吧，你饒了我吧！」

王府井說：「要想讓我饒了你，你必須跟我們走！」

「去哪兒？」

「跟著走就是了！」

路上的行人很奇怪，一個蔫頭耷腦的大人在前邊走，兩個小學生雄糾糾地跟在後面。

王府井和金豆「押」著算命先生來到了麻雀的家門口。

王府井對算命先生說：「你和麻雀說說你騙人的把戲吧。」

算命先生有些遲疑，王府井嚇唬他說：「你是不是還想渾身癢癢？」

算命先生連連擺手：「我說，我說！」他轉臉朝著麻雀家的大門喊：「麻雀小同學，我是算命先生！」

屋裡響起麻雀的聲音：「你來幹什麼？」

「我欺騙了妳，我來向妳贖罪。其實我什麼特異功能也沒有，我就是爲了騙妳的錢……。」算命先生嘮嘮叨叨地把他的把戲說了一遍，還沒等他說完，門開了，麻雀站在門口。

看見王府井和金豆，麻雀嚇了一跳，她急忙又關上門。

王府井和金豆在外面喊：「麻雀！快開門！」

麻雀有些不好意思，死活不肯出來，只是在屋裡大聲說：「你們走吧，我馬上就去上學。」

「你的二十元錢不要了？」王府井問。

「你們幫我拿著，待會兒還給我。」

王府井和金豆只好又「押」著算命先生走下樓梯。走到樓房外面的時候，麻雀突然從窗子裡探出頭來大聲喊：「金豆，王府井，這件事情千萬不要和別人說啊！」

王府井和金豆抬起頭，無可奈何地回答：「妳放心吧！除非妳自己亂說！」

走在路上，金豆對王府井說：「沒想到你今天這麼棒！這件事如果和宋老師說了，她肯定要表揚你！」

王府井嘆了口氣：「唉！誰讓咱們答應麻雀了呢！」

「也是，如果表揚了你，麻雀肯定會被大家笑話。」金豆又說。

「那就算了吧！咱們為她保密吧！」

「王府井，我挺佩服你的為人！」金豆突然像個小大人似的感慨。

王府井臉紅了，他心裡很高興，卻急忙說：「唉！不好意思！不好意思！」

晚上，王府井是懷著激動的心情打開電腦的，他覺得正如金豆白天說的那樣，他今天表現得很棒！一定能受到佳佳龜的獎勵！

沒有想到，他今天得到的分數不高。

在佳佳龜的幫助下，他知道了事情的眞相，得了五分。

在佳佳龜的幫助下，讓算命先生渾身癢癢，也得了五分。

眞不公平！我今天表現這樣好，應該得兩個十分！王府井不滿意地嘟囔著。

佳佳龜評語：

今天的事情做得很好！也很棒！可你想一想，如果不用佳佳龜，靠你自己

的力量是不是也可以做到呢？

看著佳佳龜的評語，王府井的腦筋活動起來，今天如果沒有佳佳龜的幫助，他難道就不能知道麻雀不來上學的原因嗎？如果就站在門口，堅持和麻雀多談一會兒，沒準兒她自己就能說出事情的眞相。

看來，要想得到八十分，也不是很容易的事情！

這時，電腦螢光幕上又悄悄出現了一行字：

佳佳龜：爲了獎勵你今天的科學知識，再多給你一次機會。

王府井急忙計算了一下，目前他一共得到了三十五分，他還有五次機會！就是說，他還有希望！

第十一章　真假王府井

王府井的腳在男同學當中公認是最臭的，這不是說他的腳經常發出什麼難聞的氣味，而是說他在踢足球的時候，別人的腳都像長了眼睛，雖然說不上是指到哪裡就踢到哪裡，但也總是八九不離十，而王府井的腳簡直就是個瞎子，他站在罰球線上，沒有人守大門——空門一個。他瞄了半天，憋足了勁，用力踢去，可是足球卻能滾到球門外至少幾米的地方！

當同學們分成兩隊比賽的時候，一方寧可少一個人也不要王府井上場，從上小學以來，王府井只有在場外當觀衆的份！

自從王府井在電視臺回答問題之後，他的威信有了小小的提高，雖然，腳還是那麼臭，但同學們爲了表示對他的尊重，在缺人的時候，也就不再將王府井拒之場外。

一段時間過去了，王府井的水平還眞的有點提高，腳上也有點兒感覺了，但王府井不敢射門。他知道這是一個最能受到讚揚但也是最容易挨罵的角色，因此，每當他有了射門的機會，卻總是故意把球傳給別人。

這一天，一班和二班男生比賽，既不是學校組織的也不是宋老師組織的，純屬「民間交流」。

在金豆竭力的舉薦下，王府井有幸第一次參加這樣「高規格」的比賽。

比賽是在學校外面小山坡前的一片綠地上舉行的。說是球場，還沒有眞正球場的四分之一面積大，同學們管這裡叫野公園。

王府井的參賽資格來之不易，金豆「捨己為人」地把自己參賽資格讓給了王府井一半，也就是說，王府井只能踢上半場，下半場還由金豆來踢。

王府井知道，這是個很難得的機會，機不可失，時不再來，他不但用心，而且十分賣力，他經常在球場上瘋跑，沒過五分鐘，便覺得腰疼腿疼，氣喘吁吁，但他咬緊牙關，保持著在場上「十分活躍」的形象。

一個絕好的機會出現了，張偉男帶球出現在球門前，對方的守門員撲了出來，張偉男飛快地把球傳給了王府井，守門員撲在張偉男的腿上，兩個人滾到了一起。

球已經到了王府井的腳下，而王府井的面前是個空空的大門。

立功的時候到了，給自己掙回面子的時候到了。本來，王府井只要順勢輕輕地用腳一撥，大功就會告成，但是王府井太緊張了，他又憋足了勁，用力向球的下端踢了過去……

球以四十度角高高地飛翔起來，如果評判今天誰踢得最有力量，球踢得最高，王府井無疑是要得冠軍的，可惜，球要進門才算數。

全場的人一起仰起臉看著空中劃著弧線的足球，又跟著足球向下落的地方看去。

一個老人拄著拐杖坐在石凳上，可能他根本沒有看見飛過來的足球，也可能根本來不及反應！

大家眼睜睜看著足球猛地撞在老人的拐杖上，拐杖被撞倒了，拐杖的手柄重重地打在老人的頭上……。

坐在場外的金豆痛苦地閉上眼睛：唉！王府井，你可眞準啊！

王府井愣住了，當他明白發生了什麼事的時候，他飛快地向老人跑去。

老人的手捂在額頭上，痛苦地喘著粗氣。

王府井撿起地上的拐杖，不知所措地扶著老人的胳膊：「老爺爺，實在對不起，打疼您了吧？流血了嗎？要不要去醫院……」

老人慢慢睜開眼睛，仔細地看看王府井，嘴角露出一絲苦笑：「唉唷！你小子可眞夠有勁的，不是射門嗎？你怎麼射我這個老頭子啊！」

王府井扒開老爺爺捂在額頭上的手：「爺爺，您讓我看看，流血了嗎？」

老爺爺看看自己的手，搖搖頭：「好像沒流血……。」

王府井又撥開老爺爺頭上的白髮，說：「會不會得腦震盪呀？」

老爺爺瞇縫起眼睛打量著王府井：「你這孩子挺善良的，沒事！你去踢球吧！大家還等著你呢。」

王府井沒有因爲這次「臭腳」而被立刻罷免，他一直踢到上半場結束。

老爺爺還坐在那個石凳上。

王府井心中很過意不去，拎著一瓶礦泉水來到老爺爺身旁：「老爺爺，您還疼嗎？」

「沒事了。」

「您喝點水吧！」

「謝謝，我不渴。」

「老爺爺，您住在哪兒啊？」

「就住在那片樓房裡。」老爺爺指了指不遠的地方。

「老爺爺，怎麼沒有人陪著您呀？」王府井看著老爺爺始終沒有高興的表情，就一句接一句地說。他不知道怎樣才能彌補自己的過失。

王府井忽然發現老爺爺的眼睛溼了，覺得很奇怪：「老爺爺，您怎麼啦？哭啦？」

老爺爺說：「我這麼大的年紀，還哭什麼？眼睛裡酸溜溜的，沒事，一會兒就好。」

從那天以後，王府井每次來這裡踢足球，都能看見在遠處的石凳上坐著一個人，那就是被他的足球打了頭的老爺爺，老爺爺每次都要和王府井聊天，王府井看得出來，老爺爺比以前高興多了。

「老爺爺，您也上過學嗎？」

老爺爺點點頭：「跟你們的學校可沒法比，我們村裡的小學就在一個破廟裡，裡面放張長條桌，地上放著一些草編的蒲團，我們坐在中間，腿沒地方伸，都盤著……。」

「是不是像小和尚念經？」

老爺爺笑了：「差不多吧！」

「後來呢？」

「後來呀！後來我上了大學。」

「哇！你還是大學生呢！」王府井很驚訝：「學什麼呢？」

「我學的是無線電通訊。」

「喲!可貞看不出來!」

「你看我像幹什麼的?」

王府井忍不住說:「我看,我看,我看您像看門的老大爺。」

老爺爺開心地笑起來:「對呀!我就是我們家看門的老大爺。」

有一天,王府井來到老爺爺的家,開門的時候,王府井發現老爺爺的鑰匙墜很奇怪,很簡單也很好看,好似個兩層的小紅帽。

「這是什麼做的?」

「這是你給我的那瓶礦泉水的蓋子。」

「啊!做成鑰匙墜還挺好看!」王府井很驚訝。

走進家門,王府井被房間裡的「設備」吸引住了,他去過那麼多的人家,沒有一家的「設備」這樣簡陋,只是牆上掛著許多照片和繪畫才給這光線很暗的房間裡增加了一些生氣。

「這家裡就您一個啊？」王府井問。

老爺爺點點頭，指著牆上一幅最大的照片說：「這是我的老伴，去年冬天我收到兒子從外地的來信，說我的孫子被評上全校的三好學生，我一面念信，她一面微笑，笑著笑著就閉上了眼睛……。」

王府井心裡沉甸甸的。

裡屋的牆邊立著一個老式的大座鐘，座鐘猶如一個跨越了兩個世紀的老人，發出低沉而蹣跚的腳步聲，偶爾還用嘶啞的喉嚨歌唱一下。

老爺爺撫摸著座鐘說：「它是我們結婚的時候，她的父母送給我們的禮物，它陪著我們走了一輩子。老伴去世以後，我難過極了，沒有再給它上弦，它就一直停在那裡，直到我認識你的那一天，也不知道心裡爲什麼挺高興，就好像一間漆黑的屋子裡忽然透進一縷陽光。那天回到家裡，我把它擦乾淨了，又讓它走動起來，孩子，你聽懂了嗎？」

王府井點點頭，覺得心裡酸溜溜的，也不知道怎麼去安慰老爺爺。他指著另外一張照片問：「這是你們家的孩子嗎？」

老爺爺眼睛裡閃著亮光：「這是我的兒子、兒媳和孫子，我的孫子和你一樣大，他們本來和我們住在一起，後來他們都上外地了。」說著，老爺爺的目光好似一根就要熄滅的火柴，漸漸暗淡下來。

回到家裡，王府井對爸爸說：「咱們怎麼好久沒到爺爺家裡去了？」

爸爸說：「你沒看我天天都忙得要死，過節的時候，咱們一定去！」

接下來的幾天，王府井沒有去踢球，當然，也就沒有見到那位孤身獨處的老爺爺。

有一天，放學的時候。阿胖追上了王府井，表現極爲熱情：「王府井，到我們家玩玩怎麼樣？」

王府井有點受寵若驚的感覺，阿胖從來都是嘲笑他的主謀，現在居然主動邀請他到家裡去玩！眞是太陽從西邊出來了。

阿胖手裡舉著一張遊戲卡說：「你看，東周列國遊戲，我都打過第三關了。你不想試試？」

王府井點點頭。當他們路過街頭公園的時候，王府井聽見有人在喊他：「王府井——」

王府井抬頭一看，原來是那位老爺爺。

阿胖說：「又是那個老頭啊！你都快成了他的親孫子啦——有完沒完啊！」

老爺爺走到王府井的身邊慈愛地說：「孩子，來，我找你有點事情。」

王府井心裡很猶豫，一邊是阿胖的遊戲卡，一邊是去和老爺爺聊天，怎麼辦呢？去吧，哪能有玩遊戲有意思？不去吧！又怕傷了老爺爺的心。

王府井突然靈機一動，想起了他的小烏龜，他想試試小烏龜到底有多大的本領。

王府井對老爺爺說：「您到公園的石凳旁等我。我馬上就來！」

王府井悄悄跟在老爺爺的身後看著，拿出小烏龜說：「好玩！佳佳龜，一分鐘跑，一分鐘飛，還有一分鐘打瞌睡。求你再變出一個王府井陪著老爺爺，我要去玩遊戲機！」

一眨眼的工夫，王府井驚喜地看見，在老爺爺身邊又出現了一個王府井，長得和自己一模一樣！王府井簡直不敢相信自己的眼睛。

王府井飛快地跑回阿胖的身邊說：「好啦！咱們走吧！」

當王府井興致勃勃地跟著阿胖往家走的時候，老爺爺開始認眞地和假王府井說話：「孩子，爺爺是來和你告別的，一會兒，我兒子要來接我，到外地去看我的孫子。」

假王府井傻呆呆地看著老爺爺。

老爺爺從衣兜裡掏出一串鑰匙，放到假王府井的手上說：「這是我家大門的鑰匙，麻煩你有空到我家裡去看看，給我的大鐘上上弦，別讓它停了。」

老爺爺又摸摸王府井的頭：「我知道你的同學在等你，我就不耽誤你的時間了，我走啦……！」說著，老爺爺站起身來，向公園外面走去，走著走著，又回過頭來，向假王府井招招手：「謝謝你，再見！」

假王府井機械地站起身，木然地向老爺爺招招手。

三分鐘的時間到了，假王府井突然消失了，那串鑰匙掉在石凳旁邊的草叢裡……。

剛才發生的一切，眞王府井怎麼會知道，此刻，他全部的身心都沉浸在玩遊戲的歡樂之中。

那天晚上，王府井懷著歉疚的心情打開電腦，他知道今天這樣使用佳佳龜太不應該了，因此，當他看到他今天得到零分的時候，他認爲這是「罪有應得」。現在他只關心佳佳龜的評論：

佳佳龜評語：

你今天的事情連傻子都會做。但你要記住！佳佳龜不是玩具！一個人，難道只有當他老了的時候，才能明白年輕人對他做出的哪怕是一點微小的關愛也是非常珍貴的……。

看著佳佳龜的評語，王府井心裡很難過，他知道他錯了。他決定第二天去找老爺爺。

可是，當他來到老爺爺家的時候，鄰居說，老爺爺已經走了。

日子一天天地過去了，王府井也漸漸地忘記了關於老爺爺的事情，直到他過生日的那一天。

那天下午，他和幾個同學在家裡慶賀他的生日，外面有人敲門。打開門一看，原來是郵遞員叔叔，郵遞員叔叔給王府井送來一個特快郵包，郵包裡有一本畫冊和一封信。

王府井撕開信封，展開信紙，他猛地愣住了，信是老爺爺從外地寄來的。

「王府井小朋友，祝你生日快樂！我已經到達深圳好多天了，和孩子們住在一起，我很快樂！感謝你在我最寂寞、最痛苦的時候陪我聊天，聽我嘮叨。我臨走的那天，把鑰匙交給你……」

「鑰匙！」王府井非常奇怪。

同學們圍上來，奇怪地問：「什麼鑰匙？」

「老爺爺說，他臨走的時候交給了我一串鑰匙，可是沒有哇！」

「一定是他老糊塗了，不要管他，快切蛋糕吧！」

切蛋糕的時候，王府井還在想這件事。蛋糕被他切得七零八落。

麻雀叫起來：「王府井啊！你是在切蛋糕，還是在剁肉餡啊！你的魂兒是不是丟啦？」

王府井突然想起了假王府井的事情，他恍然大悟，壞了！老爺爺一定把鑰匙交給他了。唉！以爲光是陪著說幾句話呢！怎麼還有東西要交給他呢！

好不容易送走了感到十分不滿足還沒有玩痛快的同學，王府井帶著手電筒來到了街頭公園的石凳旁，找了半天，什麼也沒有。

第二天早晨，王府井早早地坐在公園的石凳上，等著打掃衛生的工人師傅。等啊！等啊！好不容易盼來了一個阿姨！

聽王府井講明白了情況，那個阿姨想了一會兒說：「好像是撿到了一串鑰匙……」

在王府井百般請求之下，阿姨帶他來到辦公室。打開一個抽屜：「就這一串，不知道是不是？」

王府井一眼看見了那個兩層的「小紅帽」，就像看見了久別的親人一樣，他抓起鑰匙就往外跑！

王府井來到老爺爺的家，打開房門，一股溼冷的帶著一絲霉味兒的空氣撲面而來。

王府井打開窗子，明亮的陽光瀉在房間裡，屋裡收撿得很整齊，但厚厚地落了一層塵土。

王府井走到大鐘前，大鐘已經停擺了，王府井急忙打開鐘罩，給大鐘上足了弦。大鐘的鐘擺開始運動，喀哧……喀哧……就像一個人的腳步聲在房間裡響了起來。

忽然，不知什麼地方響起了老爺爺的聲音。

王府井嚇得幾乎要跳起來，他驚慌地茫然四顧，什麼人也沒有。

老爺爺的聲音很明亮：「王府井，你不要害怕！我想給你一個驚喜，你忘了我是搞無線電通訊的工程師了吧！我製作了一個很簡單的錄音裝置，當你給我的大座鐘上弦的時候，我的錄音就會響起來。」

王府井鬆了一口氣，他發現聲音是從座鐘旁邊的一個小櫃子裡發出來的。

老爺爺繼續說：「好孩子，世界上最寶貴的是人的生命，可是生命是需要雨露和陽光的，生命的陽光和雨露就是人與人之間的友情。孩子，不被珍惜的友情猶如河水從身邊流過，被珍惜的友情就會像鮮花一樣在你心中永遠開放……。」

第十二章 穿越時空

因爲老爺爺的來信，王府井的生日過得比較「倉卒」。同學們送了很多小禮物，尤其是麻雀，她平時對人出奇的「小氣」，居然給王府井送了一個圓圓的小魚缸，魚缸裡還放了六條非常可愛的小金魚，有紅色的，還有黑色的，還有身上斑斑點點的，不論是什麼顏色，都有一條美麗的大尾巴，悠然自得地在魚缸裡搖頭擺尾，游來游去，王府井非常喜歡。

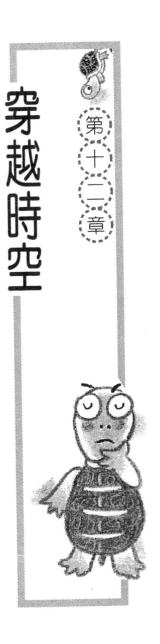

本來，那天過生日的時候，麻雀要把她送的禮物當做生日聚會的壓軸節目好好介紹一番，可王府井不知爲什麼就急匆匆地「送客」，王府井看得出來，麻雀一臉不高興的樣子。

星期六的下午，王府井特意把那天參加生日聚會的同學全部請到家裡，給麻雀一個充分「表演」的機會，同時也讓大家知道，他王府井絕對是一個非常「懂事」非常「通情達理」的人……

美中不足的是，今天爸爸在家裡要趕一篇什麼論文，雖說是在裡屋，但有家長在家，總是玩不痛快。幸好爸爸答應了，說大家互不干涉，但他也不會出來「接見」各位來賓，有些「失禮」。

王府井卻高興地說：「太好了！這樣最好！」

下午的聚會是大家圍著桌上的小魚缸進行的。

剛一開始，王府井就把發言權交給了麻雀。麻雀先是裝模作樣地謙虛一番，說這點小禮物實在是不好意思，不值得一提，但接下來就口若懸河地說起，送這缸金魚，花了很多很多錢（具體多少錢她又不說）……，怎麼樣從這家商店又跑到那家商店，費了九牛二虎之力，好不容易才把它帶到王府井的家……。

金豆忍不住打斷她：「我說麻雀，妳到底是給王府井買了幾條小金魚，還是買了一隻金絲猴呀？」

大家一起笑起來。

要是往常，麻雀早就瞪起小眼睛，今天她的耐性特別好，她居然認真地點點頭：「不瞞你說，比買金絲猴還不容易呢！」

錢玲玲及時地給麻雀遞上一杯橘汁，想乘機堵住她的嘴，沒想到麻雀把橘汁接過來放在一旁，嘴裡沒有片刻的停頓：「我還給這六條魚都起了名字……看見了吧！那隻大腦袋的叫經理，旁邊的那條一動不動的叫警察……，那條長著大黑尾巴的叫歌星……。」

張偉男實在忍不住了，他站起來，指著「警察魚」說：「這隻應該叫球星！」

金豆一看張偉男站起來，也把身子探到魚缸的上面，手指幾乎浸到了水面說：「那隻短尾巴的應該叫麻雀！」

裡屋傳來爸爸的吼聲：「王府井，你都快把我吵死了……，到外面去玩！」

大家愣住了，互相吐吐舌頭。

麻雀說：「你老爸眞厲害呀！像隻大老虎！」

王府井有點心虛。但他硬著頭皮故意笑著說：「別害怕，他是老虎！但他是紙老虎。咱們看咱們的。」

錢玲玲說：「你們看，那個經理老欺侮那個歌星！」

金豆笑起來：「你懂什麼，經理是追女朋友呢！」

麻雀推著金豆肩膀：「你躲開點，讓我看看……。」

裡屋的門被推開了，王府井的爸爸站在門口，但沒有一個人發現他。

王府井的爸爸大吼一聲：「都給我出去！」

大家猛地抬起頭，頓時慌作一團。大家撒腿就跑，麻雀不知被什麼絆了一下，身子向桌上倒去，兩手不由自主地推到魚缸上，呀！魚缸被她推到了桌沿上，金豆想去搶救，但爲時已晚，眼睜睜地看著魚缸滑出桌子……，只聽見「砰」的一聲，地上飛起玻璃碎片，水花四濺，金魚在地上可憐地掙扎……。

大家都呆住了，一動不動。屋裡一片寂靜，只聽見金魚掙扎時發出的巴唧巴唧的聲音。

王府井的爸爸用手指著王府井，怒不可遏地說：「你們都給我出去——」

大家看了王府井一眼，默默地拿起自己的東西灰溜溜地向門外走去。

王府井看著同學們一個個從他眼前離去，眼裡充滿淚水，他毫無辦法，爸爸只要一激動就是這個失去了理智的樣子！

爸爸指著地上的玻璃碎片：「都是你幹的好事！讓你們到外面去玩，就是不聽！」

王府井喃喃地說：「都是你突然出來，把大家嚇壞了，才碰到魚缸上的……。」

爸爸火冒三丈：「噢！你犯了這麼大的錯誤，還把責任推到我身上，我真是把你慣得太不像話了！」

王府井委屈地哭起來：「你要是不出來，我們眞的不會把魚缸打碎！」

「你到現在還不承認錯誤，是不是？」

「就算是犯了錯誤，我們也不是故意的。」

「不是故意的怎麼啦？你還想拿錘子把魚缸砸破呀！那不成強盜了嗎？」

「就算是犯錯誤！你也不應該把我的同學轟走啊……！」王府井號啕大哭起來。

爸爸降低了語調，但仍然聽得出他十分激動：「噢！你還覺得委屈！好，我不打你，也不罵你，你到衛生間裡給我反省一個小時，想清楚再出來。」說完，爸爸走進了裡屋。

王府井一面流著眼淚一面收拾著玻璃碎片，他把金魚小心翼翼地捧起來，放到一個臉盆裡。

小烏龜不知什麼時候爬到了臉盆的旁邊，很同情地看著他。

王府井心裡很痛苦也很憤怒，可是他總不能用小烏龜來懲罰自己的爸爸吧！他嘆了口氣，走進衛生間。

爸爸的訓斥聲又從外面傳進來：「我們小時候，吃的沒你們好，穿的沒有你們好，什麼玩具都沒有，可從來沒讓大人這麼操心……」

王府井擰開水龍頭，一面洗一面說：「好玩！佳佳龜，一分鐘跑，一分鐘飛，還有一分鐘打瞌睡，讓我看看，我爸爸小時候是什麼樣吧……」

水管子裡的水流突然斷了，裡面卻發出一種低低的噴氣聲音，就像一個年邁的老人在咳嗽：「啊卡！啊卡！把水龍頭往左擰三圈，再往右擰兩圈，再往左擰一圈，你會聽見薩克斯管的聲音……」

王府井驚訝地瞪大了眼睛，他不哭了。說實在話，剛才他是隨便說說的，沒有想到還眞靈驗了。他按照剛才「老人」說的辦法去擰水龍頭，當他擰到最後一圈的時候，薩克斯管的聲音果然出現了。

突然，王府井覺得自己失去了重量，輕飄飄地浮了起來。還沒容他思索，就發現自己在一個黑咕隆咚的水管子裡飛快地滑行起來，王府井驚恐地閉上了眼睛。

似乎滑行了很長的時間，前面開始變亮了，睜開眼睛，他彷彿是從另一個水管子給噴了出來，一屁股坐在草地上，很疼！

眼前是一個他從來沒有見過的小院子，院子很破舊，但頭頂上的藍天水洗過的一般鮮亮，湛藍湛藍的。院子裡空無一人，只有一隻小鳥在啾啾地叫，那小鳥很小，很小，羽毛是翠綠色的，要不是牠在樹上跳來跳去，王府井會把牠當成一只沒有成熟的小果子。小鳥停在一株很大的李子樹上，通紅通紅的李子掛滿枝頭，每個李子都有核桃那麼大。

王府井覺得牙根發酸，喉嚨裡就像伸出一隻小手，他很想吃一個，但這是別人家的東西。

王府井回過頭，看見兩間低矮的平房，一個很大的水龍頭就在他的身後，水龍頭還在滴滴答答地落著水。王府井估計他就是從那個水龍頭裡給噴出來的……。

王府井好奇地打開院門，走了出去，胡同裡空空蕩蕩，他很想遇到一個人，問問這是什麼地方。這時，他看見有人從胡同朝他這個方向走來。

王府井迎上前去，原來是一個和他差不多高的小男孩，仔細端詳，那個小男孩模樣和他還有點相似呢！男孩手裡托著一個碗，碗裡盛著半碗甜麵醬，一邊走，一面低著頭全神貫注地用舌頭尖舔著溢在碗邊的甜麵醬。王府井覺得很好笑，他也很饞，但是絕對沒有饞到眼前這個男孩的程度，況且是甜麵醬！

「請問，這是什麼地方？」

小男孩好像根本聽不到他的聲音，似乎也根本沒有看見他，徑直朝前走。

小男孩用手將碗晃來晃去，裡面的醬有點不情願地在碗裡慢騰騰地運動著，直到那黏稠的液體越過他剛才舔過的地方，淹沒了他剛才舔過的痕跡，這才鬆一口氣，停了下來。

胡同裡的一扇大門開了，從裡面走出另一個胖胖的男孩子，手裡拿著一個黃澄澄的大橘子，他彎下腰，吹了吹臺階上的塵土，像一口袋麵粉似的一屁股坐下來，開始剝橘子皮。

拿醬碗的孩子慢慢湊了過去，坐在那個拿橘子男孩的身邊：「老胖，這橘子眞大呀！誰給你的？」

「老胖」好像沒聽見，只是一點一點地扯橘子瓣上的細筋。

「那個其實也可以吃……能敗火。」男孩嚥了一下口水。

「……」

「老胖，吃甜麵醬嗎？」男孩子把碗舉到老胖眼前。

老胖搖搖頭，眼見一瓣橘子已經跳進了他的嘴巴。

「我要是你，我就把橘子分給你一半！」男孩說。

王府井心中一愣，這話聽著耳熟呀！對了！平時自己就習慣這樣說話。

「可惜你沒有橘子！」老胖乾脆地回答。

這話也耳熟！班上的阿胖就這麼說。阿胖和老胖很像，都是小氣鬼！

男孩說：「眞小氣！」

老胖轉過頭：「你們家的李子爲什麼不給我吃？」

「那李子是我爸爸留著賣錢的，我摘一個他就揍我！」男孩說。

「那就留著賣錢好了！」老胖冷笑著。

男孩無可奈何，只好拚命地嚥口水。老胖的最後一瓣橘子吃了足有一分鐘，然後拿起橘子皮使勁一擠，許多晶亮的小霧珠從橘子皮裡噴射出來。

男孩再也忍不住眼淚，號啕大哭起來。

老胖害怕了，趕緊站起來，撣撣屁股說：「我又沒惹你……」說著一溜煙跑進院子。大門砰的一下關上了。

王府井忍不住安慰男孩說：「別哭了，別哭了，不就是一個橘子嗎，下次我給你好多好多……。」

男孩沒有任何反應，仍然在那裡哭。

身後的門吱扭一下，又重新打開了，王府井看見一個小女孩從門檻裡跳了出來，她的額頭寬寬的，有一雙和善的大眼睛，腦後梳著一條長辮子，手裡舉著個瓶子。

「蛾子，你幹麼哭啊？」小姑娘問。

這個小男孩子原來叫蛾子。王府井覺得很好玩！

蛾子不說話，還是哭，但已經沒有了眼淚。

小姑娘從口袋裡掏出一枚圓圓的、中間有個方孔的古代的銅錢：「來，我們轉銅錢吧！」

蛾子搖搖頭。

「你爸打你了？」

「沒有！」

「沒有就玩吧！」小姑娘的神態就像個小姊姊。

蛾子用袖子抹了下眼睛，又順便抹了一把鼻涕：「好吧！就玩一盤。」

小姑娘的手可真巧，她用手指將銅錢立在地上，然後輕輕一撥，那錢就飛快地旋轉起來……

輪到蛾子了，他蹲著向後面挪了挪，他忘記放在腳後的那碗甜麵醬，只聽見「啪」的一聲，蛾子像隻小蚱蜢似的跳開去，但已經晚了。

蛾子恐慌地用雙手去捧流在臺階上的醬，然後再抹到破碗裡……

「不成啦！」小姑娘說。

蛾子呆呆地站在那裡，面色變得蒼白。

小姑娘從衣兜裡掏出一張王府井從未見過的綠色小紙票說：「蛾子，這是我買醋的五分錢，給你吧！」

「不要！給了我，妳怎麼辦？」蛾子喃喃地說。

「拿著吧！我就說錢丟了！」

「妳娘會打妳的……」

「只是罵，不會打！」小姑娘把錢塞到蛾子手裡。

蛾子默默地接過錢：「小五，妳吃李子嗎？」

「不吃——」小姑娘輕輕搖搖頭。王府井這才知道，小姑娘的名字叫小五。

「吃吧！我去給妳摘！」蛾子說。

「嗯——」小五跟著蛾子走進了自家的門。王府井也跟著走了進去，就是自己剛才走出來的那個院子。

蛾子看看四周，蹭地一下跳上李子樹。把手伸向一個又紅又大的李子……

突然，平房的門開了，一個大人從屋子裡叫著跑出來。

蛾子看見了，飛快地從樹上溜下來，手裡攥著一個大李子，向小五跑來。

那個大人從半道截住了蛾子：「把李子給我！」

蛾子低著頭不說話，手裡緊緊地攥著那枚珍貴的果實。

那個大人一巴掌向蛾子打過去，蛾子晃了晃，又定住身體，仍然不鬆手。

那個大人轉過身子，對著門口大聲喊：「你們都出去！」

小五愣了一下，轉過身快快地走出大門。蛾子突然叫起來：「小五，妳的銅錢兒還在我這兒——」

那個大人卻牢牢抓住了蛾子。

王府井看見蛾子又哭了，這次卻沒有聲音，只是兩行眼淚順著臉頰潸潸地流了下來，他的手鬆開了，那個李子像個小紅皮球和那枚銅錢一起掉在地上，那銅錢好似一只耀眼的車輪帶著聲音在他腳底滾了好遠好遠，一直滾到王府井腳底下。

王府井撿起銅錢跑到那個大人的面前：「你怎麼能這樣呢！」

視而不見，聽而不聞，大人拎著蛾子的胳膊向平房走去。

一個熟悉的聲音在王府井耳邊響起來：「沒有用！他們聽不見你的聲音，你爸爸和你現在一樣大的時候，你還沒有生命。」

「哇！這就是我爸爸呀！好可憐啊。」

「快回家吧……，水龍頭待會兒就沒有水了……。」

一剎那，王府井覺得雙腳騰空，跌入了一片黑暗之中，王府井閉上眼睛。

他忽然聽見爸爸呼喚他的聲音：「小井，小井，你到哪兒去了？」

王府井睜開眼睛，他站在衛生間裡，小烏龜正趴在洗手池的邊緣上，歪著腦袋看著他。

「我在這兒——」王府井回應著爸爸。

衛生間的門打開了，爸爸驚奇地站在門口：「你剛才到哪兒去了？」

「我一直在這兒。」

「不可能，我來看了兩次，都沒有人！」

「我到水管子裡去了。」

「胡說！」

「沒胡說，我還看見你小的時候！」

「越說越不像話！」

「你原來不叫現在的名兒，你叫蟣子。」

「蟣子！」爸爸像被人施了定身法，木偶似的，嘴巴就那樣傻呆呆地張著，這個小名連王府井的媽媽也不知道。

「誰告訴你的？」爸爸的聲音激動得發抖。

「我聽小五這麼叫你的……在你們家，還有一棵李子樹……」

爸爸頓時失去了往日的威嚴，他瞪大眼睛，繼續張著嘴，就像一個孩子在聽阿姨講故事。他一會兒微笑，一會兒傷心，聽到後來，他的眼睛裡充滿了淚水，爸爸的目光從來沒有像現在這樣溫和。

王府井講完了，爸爸突然像個孩子似的嗚嗚地哭起來。

這次王府井得到了十分，王府井很驚訝，他既沒有做什麼助人爲樂的好事，也沒有見義勇爲的行動！

佳佳龜評語：

你能保證你當了爸爸以後，也能理解你的孩子並且公平地對待他嗎？

王府井一愣，他從來沒有想過這個問題。當爸爸？似乎是很遙遠很遙遠的事情！

第十三章 左手和右手

媽媽不知道什麼時候推門進來了。看見爸爸這副傷心的樣子，不由得大吃一驚！

「啊！家裡出什麼事兒啦？」

爸爸沒有說話，淚水掛在腮邊，兩眼呆呆地看著正前方，似乎還沉浸在剛才的「悲痛」之中。王府井看看媽媽，又看看爸爸，他覺得這個問題應該由爸爸來回答。

「說話啊！出什麼事兒了？我都快急死了……。」媽媽幾乎是大喊大叫。

「沒出什麼事兒。」王府井說。

「都哭成這個樣子，還說沒有事？」說著，媽媽走到爸爸跟前，推著爸爸的肩膀：「你怎麼啦！快說呀！」

爸爸長長地出了一口氣，小小孩一樣，哭完以後，還要抽泣幾下：「很舒服……。」

「什麼？很舒服？」

「是的，好久沒有這樣痛快地哭過了。」說著，又抽泣了一下。

媽媽拉著王府井的胳膊，把他帶到裡屋低聲地問：「快告訴我，你爸爸今天怎麼啦？」

王府井：「我還覺得奇怪呢！」

「有什麼壞消息嗎？比如有誰去世了，有誰得病了？……」
「不知道——」
「他剛才接過什麼電話沒有？或者剛看完什麼信？」
「沒有——」
「那總得有個原因吧？比如說剛才哭之前，他在幹什麼？你在幹什麼？」
「我給他講了一件事……」
「什麼事兒？」
「我給他講了他小時候的事兒。」
「你……你給他講……他小時候的事兒？」媽媽的眼睛瞪得老大老圓。
看見媽媽那焦急的樣子，王府井就把剛才的事情說了一遍，但他把關於小烏龜的情節給隱掉了，他說他做了一個夢。
媽媽漸漸平靜下來，但奇怪和驚訝的神情卻更加強烈了，她又跑到外屋，給爸爸端上一杯水。

「王府井說的是眞的嗎？」

爸爸點點頭。

「他怎麼知道你小的時候的事情呢？」

「他說他做了一個夢……」

「哇！眞是太神奇了！可是你也不至於這樣傷心呀！」

「往日如煙，感慨萬千啊——」爸爸又長長地出了一口氣。

「你可眞是愛激動！我以爲你激動起來光會生氣，沒想到激動起來還會哭……，女人才這樣呢！」媽媽有些揶揄地說。

爸爸把王府井叫到跟前：「爸爸對不起你，剛才不應該把你的同學攆走……，現在，你把他們叫回來，我要請他們吃飯。」

王府井搖搖頭：「剛把人家攆走，又叫人回來，你以爲人家都是沒心沒肺的人啊！人家也有自尊心啊！」

爸爸吃驚又有些無奈地看著王府井：「那！你說怎麼辦？」

「我也不知道……」

爸爸拉著王府井的手：「好！我欠你一個人情，哪一天，由你安排，去郊遊，去遊樂場，都由我來買單。我一是要向他們表示歉意，二是要給你挽回面子。」

王府井從來沒有見過爸爸這樣謙虛過。他心裡的「創傷」似乎被一隻溫柔的大手輕輕地撫摩平了。由他出面，爸爸請客帶他們去玩，這是多麼「滋潤」的事情啊！但王府井卻不動聲色，故意裝作無所謂的樣子：「看情況吧！人家還不一定願意來呢！」

第二天，王府井早早就來到學校，他要作爲他爸爸的「全權代表」邀請昨天被他爹「驅趕出境」的每一位「受害者」，他們的名字是麻雀、金豆、錢玲玲、張偉男和小慧。

「和你爸爸一起玩!你有沒有搞錯啊!他多厲害啊!還不把我吃了?」

「和你爸爸一起玩,多不自由啊!我寧肯自己花錢也不跟大人一起玩,根本玩不痛快。」

最後的結果不幸被王府井言中,大家都直率地拒絕了邀請。

本來,這些日子在小烏龜的幫助下,王府井在大家心目中的地位有所提高,可是,爸爸昨天的「激動」卻把王府井辛辛苦苦得來的成果一筆勾消。

王府井心中十分沮喪。

今天第一節又是袁老師的課,今天他沒有拿雞蛋來,他帶來一個玻璃杯和一個廣口的保溫瓶。

玻璃杯裡倒滿水,他用鑷子從保溫瓶裡夾出一塊方方正正的冰塊放進玻璃杯裡,水沒有流出來,而冰塊上面的一部分還露在水面上。

袁老師把一切都安置好了，又在黑板上畫了一個示意圖。然後客氣地說：「請問，如果冰溶化以後，水面將怎樣變化，水流出來？水面降低？水面和剛才一樣？」

嘩的一聲，幾乎所有的人都舉起了手，只有王府井沒有舉手，腦袋低垂著，他不是沒有聽見老師的提問，他不知道答案是什麼，如果答錯了，他又怕引起同學的嘲笑。

袁老師啟發說：「我看看還有哪個同學能回答，答錯了也不要緊。」袁老師的目光在王府井的身上來回掃描了幾次，看看王府井什麼動靜也沒有，只好失望地說：「好吧！這個問題讓金豆來回答！」

金豆站起來大聲地說：「冰化了以後，水會溢出來。」

金豆的話還沒說完，許多手又急不可待地舉起來。

「請錢玲玲同學來回答！」

「冰化了以後，水不會溢出來，因為冰溶化了以後，體積變小了。」錢玲玲的回答不但聲音好聽，而且有條有理。

袁老師忍不住輕輕鼓掌：「很好！回答得非常好！」

袁老師指著杯子說：「冰的密度是水密度的十分之九，冰溶化以後變成了水，密度變大了，體積變小了。」

袁老師又說：「剛才許多同學都爭先舉手發言，只有少數同學沒有舉手。」

麻雀馬上左顧右盼：「誰沒有舉手，誰沒有舉手？」

阿胖不失時機地叫著：「只有王府井一個人沒有舉手！」

王府井心裡又氣又恨，阿胖也經常不舉手，而且剛才他明明也沒舉手，他怎麼還有資格說別人呢？壞蛋！

幸虧袁老師說：「有好幾個人沒舉手，其實答錯了也不要緊。你們看，金豆雖然答錯了，但這個問題會給他留下很深的印象。」

下課了，大家都跑到教室外面去玩，沒有人招呼王府井，不知是因爲他上課不舉手，還是因爲大家還在記恨他老爸昨天的過激行動。

王府井沒滋沒味兒地走出教室，站在窗跟前，遠遠地看著女同學在跳橡皮筋。

「小花貓上學校，教師講課他睡覺……，」大家邊唱邊跳。麻雀沒事找事地說：「老說這個沒意思。我教給你們一個新的：小花貓特別饞，不舉手，不發言，眼睛瞪得溜溜圓，光想蛋糕甜不甜。」

大家都笑起來，馬上就學唱起來。

王府井只覺得腦袋一熱，怒不可遏地走過去：「麻雀，妳說誰呢！」

麻雀故作吃驚地：「我說誰呀！我說小花貓呀！怎麼啦！你是小花貓呀！」

王府井憤怒地哼了一聲：「妳不要耍小聰明，妳心裡想什麼我都明白。」麻雀顯得更天眞了：「你明白，我不明白呀，請你告訴我。」

王府井無可奈何地走進教室，哼！走著瞧！其實他什麼反擊的力量也沒有，他只有抵抗擊打的能力。

王府井心裡非常懊惱，他把這一切都歸在了爸爸的身上，爸爸闖禍，兒子倒楣！他恨不得馬上回家，把怨氣都發在爸爸身上。

好不容易等到放學，一推家門，王府井愣住了。袁老師正坐在他的家裡和爸爸談話。唉呀！袁老師啊袁老師，你怎麼這麼熱心啊！

王府井向袁老師問了一聲好，急忙跑回自己的房間。幸虧沒有人叫他——看來是袁老師和爸爸正在舉行「秘密會談」。

本來王府井深怕爸爸把他叫來參加「會談」，現在沒有人叫他，他又特別想知道「會談」的內容了，王府井把耳朵全部貼在門板上。

太好了！袁老師的話聽清了：「這孩子其他方面還不錯，就是常識課不愛舉手。」

爸爸說：「好！我們一定好好說說他，這孩子膽子也不太小啊！怎麼是『耗子扛槍——窩裡兇呢？』」

眞可氣！爸爸還是有文化的人，怎麼說這些土話呢？再說，我在家裡怎麼兇了……，說膽小如鼠還差不多，我什麼時候「扛過槍」呀！

袁老師接著說：「咱們一塊鼓勵他，我在學校，你在家裡，只要方法得當，他能自信起來，千萬別跟他發火啊！」

爸爸又說：「老師你放心，我怎麼會發火呢！」說到此處，爸爸突然高聲叫道：「王府井，快出來，老師要走啦！」

王府井急忙跑出來和袁老師再見，心想，唉！爲了上課舉手發言的事兒，爸爸倒不至於發火。況且爸爸有了昨天的反思，他也不好意思發火呀！但一頓嘮叨是免不了的。

果然，袁老師前腳走，爸爸後腳就開始嘮叨，當然態度是十分溫和的。

聽得差不多了，王府井想盡早地結束，於是說：「爸爸，您放心！我一定舉手發言！」

爸爸點點頭：「好！要的就是你這個態度！」

兩天過去了，沒有發生什麼值得一提的故事。轉眼又迎來了常識課。

袁老師左手拿著一個氫氣球，右手拿著一個小圖釘：「同學們，小圖釘的重量要比氣球輕，可是氣球為什麼可以浮起來，而圖釘卻浮不起來呢？」

有大約三分之一的同學舉起了手。

袁老師四處看了看，似乎不太滿意這種還不夠踴躍的局面。

王府井猶豫了一下，硬著頭皮舉起了手，接著又有幾個同學舉起了手。王府井希望袁老師千萬不要叫他，因為他對這個問題有點迷迷糊糊。這事兒也怪了，別人舉手袁老師都看不見，王府井的手剛一舉起來就被袁老師「抓」住了。

袁老師眼睛一亮：「啊！王府井舉手了。好！這個問題就請你來回答。」

王府井從座位上站起來，咳嗽了兩聲，半天沒有說話。袁老師又把問題重複了一遍，王府井還是沒有說話。袁老師啓發他：「你從體積、密度等方面想想……。」

王府井心裡非常緊張，腦子裡一片空白，剛才那點迷迷糊糊的答案都沒有了。

王府井覺得這樣想下去會耽誤老師和同學們的時間，於是摸摸腦袋說：「我說不好……不知道……」

同學們轟的一下笑起來。

王府井非常尷尬地坐下了。

袁老師沒有遮掩他失望的心情：「王府井，以後想好了再舉手！」

如果說，麻雀在別的方面沒有什麼本事的話，她在編「歌詞」方面可是有點天才。

這不，剛一下課，她專爲王府井寫的「歌詞」就出籠了。

麻雀一邊跳橡皮筋一邊朗朗唱道：「小花貓，特好玩，光舉手，不發言，氣得老師直瞪眼，你說好玩不好玩……。」

王府井這次沒有走上前，而是遠遠地躲開了。

有人在拍王府井的肩膀，回頭一看，是袁老師。

「王府井，到我的辦公室來一下！」袁老師扭頭走了。

王府井跟在袁老師的身後，心裡七上八下的。他用手摸著口袋裡的小烏龜：

「好玩！佳佳龜，一分鐘跑，一分鐘飛，還有一分鐘打瞌睡……，佳佳龜，別讓老師再提舉手發言的事情。」

「忽」地一下，王府井的手裡突然出現了一封信，白色的信封上寫著：袁老師收。那筆跡和王府井的一模一樣。

王府井心中活動了一下，要不要把裡面的信拿出來看看，可是信口是封住的。再說時間也來不及了。

走進辦公室，袁老師對王府井說：「你是怎麼回事呢？不會回答爲什麼舉手呢？」

王府井心中有苦說不出來，懷著忐忑不安的心情，把信遞給了袁老師，他知道佳佳龜不會害他。

袁老師愣了一下，撕開信封，抖出信紙……看著看著，他的臉上露出了微笑。王府井心裡一塊石頭落了地。

袁老師把信放到一邊，笑咪咪地對王府井說：「別人都說你有點傻，我看你不但不傻，而且非常聰明。」

王府井有些奇怪，莫非信裡把剛才袁老師提問的問題回答出來啦？可這也算不上什麼聰明啊！剛才課堂上，袁老師已經把答案都說出來了。這算什麼「非常聰明」呢！

袁老師把信交給王府井：「好吧！我們就照你信上說的辦！」

王府井急忙看看這封他「自己」給袁老師寫的信。

信紙上完全是王府井的字跡：

袁老師：您好！

以前，我挺愛舉手發言的，可是我會的時候老師不叫我，我不會的時候，老師偏偏叫我。以後，我就越來越害怕，會不會都不敢舉手了……這也不能怪老師，老師怎麼知道我會不會呢？我想了一個好辦法，從今以後，我會回答的時候就舉右手，不會回答的時候就舉左手……以後您看見我舉右手，就叫我，舉了左手就不要叫我，這樣好不好……？

祝您身體健康

學生　王府井

看完信，王府井心裡真是佩服佳佳龜的聰明，這樣的好主意，我怎麼就想不出來呢？王府井向袁老師點點頭：「袁老師，給您添麻煩了。」

看見王府井這樣有禮貌，袁老師更是驚異，這孩子今天可真「出息」了。走出辦公室，袁老師從背後叫他：「王府井，把你那封信留下來，我有用處。」

王府井心中一驚，心想，這封信馬上就要消失了，於是對袁老師說：「我再把它抄一遍給你。」說完，不管袁老師同意不同意，王府井頭也不回地跑掉了。

從那以後，同學們發現，常識課上王府井幾乎每個問題都舉手，而且站起來還基本都能回答正確。大家雖然有點驚訝，但沒有人能夠發現袁老師和王府井之間的這個小秘密。

王府井越來越喜歡上常識課，而且舉左手的次數越來越少，舉右手的次數越來越多……

這當然都是以後發生的事情。當天晚上，王府井回到電腦旁。

今天他的得分又是十分。

佳佳龜評語：

你眞幸運，碰上個有經驗的好老師。不過萬一碰不上也不要緊，給他寫封信，把自己眞實的想法告訴他，不信你就試試！十有八九結果都不錯。

佳佳龜給王府井的機會還有兩次，可王府井只得了五十五分。不過，王府井現在比以前沉穩多了，他要把剩下的兩次機會用好！

第十四章 玫瑰大使

上一次作文課結束的時候，宋老師給大家出了一道很奇怪的作文題——

我有一束鮮花。

宋老師笑盈盈地對大家說：「這個題目可以寫成記敘文，也可以寫成說明文，也可以寫成其他的什麼文，總而言之，沒有限制，大家展開自己的想像，只要寫得流暢，能表達自己眞實的情感就可以。」

阿胖叫起來：「我有許多束鮮花怎麼辦？」

「喲！你爲什麼有這麼多花呀？」宋老師問。

「我爸爸特別有面子，他過生日的時候，人家給他送來好多好多鮮花。我媽過生日的時候，人家送的鮮花更多。」

阿胖很討厭，他總是不失時機地顯擺他們家的錢多……，全班同學都知道他這點兒小心思。於是就集體「喲——」了一聲。

宋老師卻和藹地說：「好多好多鮮花也是由一束束鮮花組成的呀！依我看你就寫其中最有意義的一束吧！」

王府井心裡明白，宋老師那麼聰明的人，肯定知道阿胖的意圖，但宋老師很寬容，她不直說就是了。

宋老師接著說：「大家放學以後想一想，下個星期我們來完成這篇作文。」

課間的時候，同學們七嘴八舌地議論起來。
「這題目可太難了，從來沒有寫過呀！」小慧說。
「寫過還叫妳寫呀！這就叫創作！」張偉男像個作家似的。
「我要寫我媽媽過生日的時候，我把攢了好多時候的錢給她買了一束鮮花……」麻雀說：「你們可不許抄我的呀！」
金豆在一旁撇撇嘴：「妳想讓我抄，我還不願意呢！俗不俗啊！」
「我們買幾朵花送給大街上的人，看他們說什麼？」王府井插嘴說。
「你有病啊！無緣無故地送花？」金豆說。
張偉男眼睛一亮，但他沒有說話。王府井只好傾聽別人的高招。
錢玲玲說：「我就寫老師生病的時候，我送她一束康乃馨……」
「可老師沒有病呀！」王府井說。
錢玲玲冷笑一下：「這叫虛構，你懂嗎？」

張偉男突然敲著桌子說：「安靜！安靜！我有一個特別好的主意！」

大家安靜下來，張偉男很嚴肅地把手指輕輕放在額頭上，擺出一副沉思的樣子。

「說呀！什麼好主意？」大家把他圍了起來。張偉男在班上可是一個很有分量的人物，他要說有什麼好主意！那肯定是有點意思！

沒有想到，張偉男把手指放了下來，擺擺手：「不行！我不能說，這個創意太棒了！絕了！」

「太棒了怎麼就不能說呀？」王府井傻呼呼地問。

阿胖說：「他也和麻雀一樣，說出來怕別人抄，你想，全班都和他學，他就不新鮮了不是？」

張偉男不說話，既不承認，也不否認，一副心中有數的樣子。

「什麼特棒啊！特絕呀！他什麼也沒想出來，故意讓大家心裡癢癢……」

金豆說。

張偉男有些著急，他不允許金豆這樣「動搖」他在同學們心目中的地位，於是激動地說：「我保證，我絕對是想出了一個特棒的主意，不過，就這樣隨便一說，也太沒有價值了。你們要不信，今天下午放學以後，留在教室裡找我，我將告訴那些誠心誠意向我請教的人！」他特意把「誠心誠意」和「請教」兩個詞念得十分清楚！

……

下午放學，同學們魚貫而出，爭先恐後地往外跑，早把向張偉男請教「好主意」的事情忘在腦後了。

教室裡只剩下了兩個人，一個是張偉男，一個是王府井。張偉男不動聲色地坐在自己的座位上，儼然一位身懷絕技的師傅。

王府井湊到張偉男身邊，陪著笑臉，像個虛心的徒弟。

「張偉男，能告訴我你的好主意嗎？」

張偉男看看偌大的一個教室裡只剩下了一個王府井，心中不免有些失望。

「快說吧！就我一個。」王府井急不可待地催問。

「正是因爲只有你一個人，所以我不能說。」

王府井皺起眉頭：「你說話不算數！」

「你別著急嘛！我說的這個主意，一兩個人做不了，你去多找幾個人來，我馬上就說……」

「找幾個？」

「多找幾個，最少五個。」

「算咱們倆嗎？」

「算不算都行。」張偉男含混地說。

王府井飛快地跑出門去，找到了在教室外面跳繩的錢玲玲和麻雀，又跑到大門口把金豆追了回來。開始大家都不願意來，王府井百般懇求，幾個人才不情願地回來了。

「好！你們都是誠心誠意向我請教的人。」張偉男又擺開了架子。

麻雀說：「我們都是王府井給拉來的……」

王府井使勁給麻雀使眼色，他深怕得罪了張偉男。

金豆說：「快說呀！不說我們可就走了！」

王府井急忙張開兩臂，攔住大家。

張偉男終於開口了：「我們做一個實驗，我們買一些玫瑰花。到大街上去，送給我們不認識的人，看他們的反應怎麼樣？」

王府井說：「剛才我就建議過，你們都不理我……」

「這有什麼新鮮的，不就是賣花嗎？」金豆說。

「不是賣，是送！不要錢，白送！」張偉男說。

「你有病啊！有錢沒地方花啦！」麻雀說。

張偉男冷笑一下：「看，這就是天才和庸人的區別。我們在送花的時候，把每個人不同的反應記下來，就是一篇很好的作文。」

大家安靜下來，無論怎麼說，張偉男的腦袋裡想的點子就是多。

錢玲玲又發現了新問題：「能有什麼不同的反應？人家拿了花，說聲謝謝就完了，你的作文滿篇都是謝謝，那有什麼意思啊！我不送花也能寫出這篇作文！」

張偉男說：「我敢打賭，肯定不是這樣！不信，咱們試試，如果是這樣，買花的錢都由我來出；如果不是這樣，買花的錢由妳來出。」

錢玲玲搖搖頭：「我不和你打賭。」

最後，大家基本同意了張偉男的意見，決定明天放學以後集體行動，還定了個行動代號，叫作「玫瑰大使」行動。

王府井心裡有點彆扭，同樣的話，他說了就沒用，怎麼從張偉男嘴裡說出來就行了呢？

第二天放學以後，五個人一起來到鮮花商店，每個人花了五元錢，得到了二十枝紅玫瑰花，他們向大街上走去。

「眞貴！要是到批發店就便宜多了。」麻雀說。

「妳別算計了，到批發店，來回的車錢就得好幾塊，加起來更貴。」錢玲反駁她。

走到一個十字路口，金豆問：「咱們是分頭走，還是一塊走？」

「還是一塊走吧！」另外四個人不約而同地說。

「那誰負責說話呢？」金豆又問。

「由麻雀負責說話，她的嘴特別利索。」王府井說。

「我們其他的人就在一邊站著呀！」張偉男搖搖頭。

麻雀說：「我和錢玲玲負責說話，你們負責遞花怎麼樣？」

金豆反對：「誰送花誰負責說話，每個人都得體驗體驗吧！」又轉身對王府井說：「你願意讓麻雀替你說也行，反正我自己的花自己送，自己說。」

王府井覺得自己太膽小了，連忙抬起頭：「我也自己送自己說！」

五個人來到了公園的門口，他們看見離門口不遠的一條長椅上坐著一對青年男女，麻雀有些揶揄地對王府井說：「喂，王府井，你不是膽子大嗎？你去給那對談戀愛的送枝花，也算給咱們玫瑰大使行動開個頭！」

「好！王府井當第一個玫瑰大使！」金豆、張偉男、錢玲玲一起說。

一瞬間，王府井覺得兩腿有點不聽使喚，但事到如今，他也不好再推托，幸虧另外四個同學都跟在他的身後。老遠的地方，王府井就從花束裡挑出了一枝紅玫瑰，舉在手裡，像擎著一枝運動會的火炬。

「不要那麼緊張！」金豆在他耳朵邊悄悄地說。

王府井把胳膊放下來，變成了像端著蠟燭臺的樣子。

走到青年男女的跟前，王府井說：「你們好！」

那兩個人抬起頭，嚇了一跳，男青年警覺地說：「你們要幹什麼？」

王府井結結巴巴地說：「送給你們一枝玫瑰花，祝你們幸福！」

男青年擺擺手：「快走吧！我們不要！」

「不要錢！」

「不要錢也不要！」男青年惡狠狠地說。

王府井萬萬沒想到，送給別人玫瑰花會得到這樣下場。滿臉沮喪地回轉身來。五個人毫無辦法，只好快快地走開。

背後傳來男青年的聲音：「現在這些孩子，也不知道好好學習……。」

麻雀再也忍不住了，轉過身大聲喊道：「你這個人一點風度也沒有，別人送給你花，你連聲謝謝都不會說，還有資格談戀愛呢！沒有人喜歡你！」

男青年跳起來想追，五個人見勢不妙，一溜煙兒跑出了公園。

張偉男說：「怎麼樣，我沒說錯吧！還說謝謝呢？差點把咱們給吃了。」

錢玲玲不服氣地說：「這是個別分子！」

只有金豆笑嘻嘻地豎起大拇指對麻雀說：「麻雀，妳還眞行！」

王府井隨聲附和：「我說麻雀厲害吧！」

麻雀得意地搖頭晃腦：「嗨！小菜一碟！」

張偉男說：「別得意了，走了半天，一朵花還沒送出去呢！」

大家沿著熱鬧的大街往前走。剛剛買花的時候，大家嫌貴，現在卻成了負擔。

碰到了一個阿姨推著一個小寶寶走過來。錢玲玲搶上去送上了一枝。那位媽媽摸著錢玲玲的頭，微笑地說了聲謝謝。錢玲玲好不得意，她成爲了第一位玫瑰大使。

張偉男把第一朵玫瑰送給了一個打掃衛生的老大爺，那個老大爺激動地和張偉男聊了半天，從張偉男的爸爸問到張偉男的爺爺……。

金豆把第一朵玫瑰送給了一個出租車司機，還說：「祝您平平安安，闔家幸福！」那個司機最初沒反應過來，明白以後大聲對跑遠了的金豆說：「小同學，我開車送你回家吧！」

麻雀嫉妒地說：「我要把最後一朵送給一個司機，讓他送我回家。」

王府井有些著急，他拿著一朵玫瑰送給路邊一個做「生煎包子」的大師傅。大師傅接過花，愣了一下。又追上來：「小同學，你看，我拿這花沒有用！可惜了！還是還給你吧！」

張偉男拍拍王府井的肩膀：「咱們今天是送花，可不是發花，要發還不容易！」

王府井不高興地說：「我明白，這我還不明白！」

只有麻雀鎮靜地捧著她的二十朵玫瑰，不慌不忙地走著。

可能是到了下班時間，街上的人開始多了起來。

一個男青年急急地跑過來，在麻雀跟前停下腳步，他的表情很緊張，似乎有什麼心事兒。

他從麻雀手裡拿過花束：「我看看這花新鮮不新鮮。」沒等麻雀說話，他就用手摸了摸，又用鼻子聞了聞，然後把花還給了麻雀：「還行！」說完又轉身走掉了。

「神經病！」麻雀吹了吹玫瑰花，看著男青年的背影，不滿地嘟噥著。

忽然，又有兩個男青年跑了過來，一個人對另一個人說：「我看見他往那邊跑了！」說著，兩個人匆匆追了下去。

「玫瑰大使」們看著眼前的一切，不知發生了什麼事情。

他們繼續向前走。

路過一家酒店的時候，有人拍了拍王府井的肩膀。

王府井回過頭，一個穿著十分講究的中年男人看著他手中的鮮花問：「孩子，多少錢？」

「我們不賣，我們送！」

「送？送給誰？」

麻雀插嘴說：「誰都可以送。」

中年男人說：「好吧！請送給我二十枝。」

王府井抽出一枝花：「只能送給你一枝，我們還要送給別人。」

「你眞是死心眼，我不用你們送，我花錢買，我有急事要用花！」中年人掏出了錢包。

麻雀急忙把花舉到了中年人眼前：「好吧！既然你有急事，就把我的送給你吧！」

「多少錢？」

「不要錢！」王府井搶著說。

麻雀給王府井使了個眼色。王府井雖然沒有看明白，但他知道不說話就是了。

麻雀又對中年人說：「你看著給吧！」

「給你十塊錢怎麼樣？」

「行！有一枝是我送給您的，就給九塊五毛錢吧！」麻雀很大方地說。

中年人接過玫瑰，說了聲謝謝就匆匆走上了一輛小汽車。

金豆故意瞪大眼睛，好像是剛剛認識麻雀：「哇！妳好厲害啊！不費吹灰之力就賺了四塊錢！」

「不是四塊！是四塊五毛錢！」張偉男補充說。

「這怎麼啦！我這是勞動所得！」麻雀紅著臉說。

「說好是送的嘛！爲什麼要賣呀？」王府井說。

「他是自願的，我又沒有強迫他……。」

錢玲玲說：「人家本來是要買王府井的，妳湊上去幹麼？」

聽見這話，麻雀的臉上有些掛不住了，她把錢掏出來舉到王府井跟前：「你們要是嫉妒，就把錢給你！眞是的，這是幹麼呀！」

張偉男出來打圓場：「這事兒也不能說麻雀不對！要靈活點嘛！再說人家不是說有急事嘛……」

正在這時，金豆突然叫起來：「喂！你們快看！」

大家回頭一看，只見剛才跑回去的兩個男人押著那個被麻雀叫成神經病的男青年走了過來。一個男人問王府井：「喂！小同學，我們是警察。剛才這個人在你們這裡幹什麼來著？」

場面十分緊張，五個同學不明白發生了什麼事情。這種事兒他們只在電視裡見過。現在身臨其境，有一種透不過氣來的感覺。

那個男青年急忙申辯說：「我什麼也沒幹，是不是？」

警察嚴厲地呵斥他說：「你不要說話！」

大家互相看了看，最後目光集中在麻雀身上。因爲剛才他曾經拿過麻雀的花。

麻雀說：「他問我花新鮮不新鮮，後來又把花還給我了。」

「花呢？」警察又問。

「花已經賣啦！」麻雀攤開兩手。

警察嘆了口氣，男青年卻掩蓋不住高興的神情說：「我說我什麼也沒拿吧！快把我放了！」

警察牢牢抓住男青年的胳膊：「不成！首飾店的老板和顧客都指認你。回去再說！」

警察押著那個男青年走遠了。

五個人看著他們的背影，好半天沒有說話。

沉默了好一會兒，金豆叫起來：「哇！好驚險呀！那個人肯定是個小偷！」

「一點也看不出來嘛！」

「警察也看不出來呀！」

錢玲玲說：「警察怎麼不穿警服啊？」

「妳懂什麼，那是便衣警察！」張偉男不屑地說。

「眞神氣，我長大了也當個便衣警察！」錢玲玲很羨慕的樣子。

「妳當便衣警察，還不讓小偷把妳揍扁了，像個豆芽菜似的。」

只有王府井沒有說話，他的心思都集中在麻雀剛才賣掉的那束玫瑰花上了，你想，那個男青年急急忙忙跑回來，肯定是因爲警察在追他，可他怎麼會有心思和時間去和麻雀說話呢？還把花拿過來聞了聞，這裡面一定有文章！

王府井把自己的想法和大家一說，大家也都愣住了。

「他一定把偷來的東西放到花裡了！」金豆腦子最好使。他眨巴眨巴眼睛突然說出這樣一句讓大家吃驚的話來。

「可是什麼東西能放在花裡呢？」張偉男思考著。

「一定是很小的東西！」錢玲玲說。

「說不定是毒品什麼的……。」金豆又說。

他這麼一說，大家都覺得有些恐怖，其中麻雀最害怕。她小聲地猜測：「他完全可以把它扔掉啊！幹麼非放在花裡啊？」

金豆很嚴肅地說：「他一定是不捨得扔掉，先放在花裡，等過一會再回來找麻雀要那束花。」

「有道理！」張偉男和王府井一起說。

「我的花已經賣給那個人啦！」麻雀說。
「小偷找不到那個人，一定會找妳！」金豆說。
麻雀的小臉頓時變得蒼白，她想起電影中那些不幸捲入什麼大案中的主人公被壞蛋追殺的鏡頭……她咧開嘴，幾乎要哭出來。
在這關鍵時刻，王府井覺得他太需要小烏龜的幫助了。他走進路旁的一家商店，商店進門的地方有臺大螢光幕的電視機，裡面正在播放動畫片。
王府井摸著小烏龜說：「好玩！佳佳龜，一分鐘跑，一分鐘飛，還有一分鐘打瞌睡，幫幫我，告訴我那個買花的伯伯在什麼地方？」
電視機裡的動畫片突然沒有了。畫面變成了一個咖啡廳。
那個買了麻雀玫瑰花的中年男人正和一個女人坐在桌前。
男人舉起那束玫瑰花說：「送給妳二十朵玫瑰花，祝賀我們結婚二十周年……」

王府井聚精會神地看著畫面，想知道這是哪一家咖啡廳；另外幾個同學追進商店生氣地說：「王府井，你怎麼回事兒？都什麼時候了，你還在這裡看電視！」

王府井擺擺手，指著電視裡的那個男人。大家定睛一看，一起叫起來：

「啊！就是他！」

錢玲玲說：「他怎麼跑電視臺去了！」

「不是電視臺，是一個咖啡廳！」

「是不是實況轉播，他買的花當道具啊？」張偉男說。

王府井心中有數，但又不能明說，只是擺擺手。

中年男人的妻子非常感動接過玫瑰：「你眞好！謝謝你——」說著，她把花束放到鼻子跟前，仔細端詳著那美麗的花朵。突然她高興地尖叫起來：

「啊！原來是這樣……」

她的手把一個東西小心翼翼地從花朵裡拿出來。

當她莊重地把那個「東西」從右手放到左手手心當中的時候，王府井看清了，那是一枚戒指，上面鑲嵌著一顆寶石，熠熠生輝，發出七色光芒……

妻子的臉就像一朵盛開的鮮花：「眞漂亮啊！你眞是太好了……」

中年男人顯得很驚訝。但他馬上又鎮靜下來。

電視畫面忽然改變了，又變成了動畫片。

「怎麼沒有了？」金豆揉揉眼睛。

「我們快去啊！晚了，戒指就被他們拿走了……」

王府井著急地說：「你們認出是哪家餐廳嗎？」

「我看清楚了，那是『好心咖啡廳』！我媽媽帶我去過！」麻雀說。

「快去啊！」錢玲玲說。

大家如夢方醒，一起向「好心咖啡廳」跑去。

咖啡廳離這裡大約有三個汽車站的路程，但坐車卻要繞很大彎子，爲了節省時間，大家只好跑步。

大街上的人看著五個懷裡抱著鮮花的孩子發瘋一樣地奔跑，紛紛駐足觀看，不知道發生了什麼事情。

當他們跑到咖啡廳門口的時候，已經是上氣不接下氣了。

王府井剛要往裡跑，金豆伸手攔住了他：「他要是不還給我們怎麼辦？」

「對呀！他要是不承認怎麼辦？」張偉男也說。

王府井愣住了。

當他再抬眼觀看大廳的時候，他驚呆了，剛才他們看見的那張咖啡桌旁邊已經沒有人了。

「都怪咱們跑得太慢了，要是坐出租車就好了……」麻雀沮喪地說。

背後傳來中年男人的聲音：「小同學，你們是不是找我啊？」

大家一齊回過頭，中年男人和他的妻子正在笑咪咪地看著他們。
「對！我們就是找你！」大家一起說。
「是不是找這束玫瑰花啊？」
「就是！你怎麼知道的？」王府井很奇怪。
妻子舉起那枚戒指：「裡面有這樣貴重的東西，你們一定會來找。不過，你們怎麼會知道我們在這裡呢？」
「我們在電視裡看到的！」麻雀的嘴實在是太快。
中年男人和他的妻子互相看了看：「電視？電視裡怎麼會看到我們？」
王府井急忙給麻雀使了眼色，讓她不要再說下去，又轉身對中年男人說：
「我們是瞎貓碰死耗子，瞎矇的……」
夫婦倆笑了起來：「讓你這樣一說，我們都成了死耗子啦——」
王府井不好意思地笑了：「我……我還怕你們……」

中年男人說：「怕我們據爲己有是不是？」

他的妻子說：「這確實是個非常珍貴的東西，可它不屬於我們，所以我們不能要……」

「你們眞是好人！」五個同學不約而同地說。

中年男人笑笑：「我們剛才也猶豫過……可是，如果把這個不義之財帶回家，我們會一輩子也睡不踏實的，所以我們倆決定馬上到買花的地方去找你們，沒想到，你們卻跑來了……」

王府井激動地把手裡的玫瑰舉到中年夫婦面前：「祝賀你們結婚二十周年，祝你們好人有好報！」

夫婦倆吃驚地問：「你們怎麼知道我們結婚二十周年？」

王府井知道說漏了嘴，連忙說：「瞎矇的！」

夫婦倆笑著說：「又是瞎貓碰死耗子，看來，這隻瞎貓很聰明啊！」

那個女人拉著王府井的手：「小同學，我有一個問題必須要問，那麼貴重的戒指怎麼會放在你賣的花上呢？」

麻雀跳了過來，插到女人和王府井之間：「我賣的花我知道……」說著她就像個機關槍一樣把剛才發生的事情敘述了一遍。

中年男人和他的妻子面面相覷：「啊！好驚險呀！」

鑽戒經過警察又送回了珠寶店。

王府井今天得到的分數是十分。

佳佳龜評語：

你看見了吧，那對大人並不像你們想像的那樣把戒指據爲己有，因爲他們知道，眞正的幸福來源於內心的安寧和溫馨，而不是什麼貴重的物品。

王府井已經得了六十五分，可他只有最後一次機會了！

第十五章 聰明的人

作文課上，宋老師拿起了五個作文本鄭重地放在一旁說：「這次作文有五個同學寫得最好！眞實，有感情！就因爲眞實又有感情，所以寫得流暢、自然、生動……。」

「這五個同學的名字是：張偉男、金豆、麻雀、錢玲玲和王府井。我尤其要表揚王府井同學，他進步最大。」

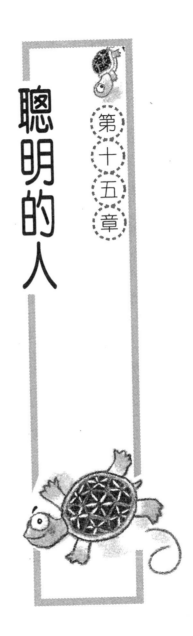

王府井的作文第一次被宋老師表揚，他喜在心頭，笑在臉上。他怕別人看見他的笑臉，急忙低下頭。

宋老師又說：「下面，我們請他們當中的一個人來談談寫這篇作文的經過。」

全班同學的目光立刻都集中在五個人身上。

還沒等大家反應過來，張偉男率先舉手。

張偉男也沒等老師同意，已經站了起來。

「宋老師給我們出了一道作文題目，叫作我有一束鮮花，這個題目乍一看很難作，可是仔細一想，這個題目給我們的寫作提供了非常廣闊的空間。」

張偉男說話一板一眼，不慌不忙，有條有理，就像老師在給大家上課。

「我決心把這篇作文作好，怎麼才能作好呢？胡編亂造是不行的，正像宋老師經常告訴我們的，要從生活出發，要眞實。於是我經過仔細的思考，想了一個很好的創意，然後我又把這個創意告訴了另外四個同學，他們開始不同意，經過我的努力，他們才同意和我一起開始了叫作『玫瑰大使』的行動。」

宋老師帶頭鼓起掌來，全班同學一起鼓掌。張偉男得意地坐下了。這時，金豆回頭看了王府井一眼。

只有王府井和金豆沒有鼓掌，王府井心裡有點不平衡，但一會兒也就過去了。

晚上，王府井在做數學題，突然聽見有人敲門，王府井迎出去一看，原來是張偉男。

進了王府井的小屋，張偉男從兜裡掏出一個光盤：「特棒！先給你看看！」

王府井又驚又喜，驚的是張偉男從來沒有對他這麼熱情過，還親自給他送光盤，喜的是像張偉男這樣優秀的同學能對他這麼好！

爸爸對張偉男的到來也表現得很殷勤，他親自拿了一瓶飲料送過來：「張偉男，好好幫幫我們王府井啊！」

「叔叔，您放心，我跟王府井沒的說！」

王府井指著作業本說：「你幫我看看這道題怎麼做？」

張偉男俯到桌子上說：「你先用十字交叉法配方，然後就好做了。」

王府井豁然開朗，連連點頭：「我的腦子怎麼就想不到這兒呢？」

「以後你有了什麼不會做的題，包在我身上……，」說著，張偉男又從衣兜裡拿出一個塑膠皮兒的微型筆記本，本裡還嵌著一根小小的圓珠筆：「送給你吧！」

打開筆記本，扉頁上寫著：我們永遠是好朋友！

王府井有點受寵若驚的感覺。張偉男走了，王府井心裡很激動，白天那一點對張偉男的不滿也煙消雲散了。

第二天上學的路上，王府井和金豆邊走邊聊，麻雀從後邊追了上來。

麻雀把手指頭放在嘴上，神秘兮兮地說：「你們知道今天下午班會幹什麼嗎？」

「幹什麼？愛幹什麼幹什麼！」金豆滿不在乎地說。

「哇！你們還不知道啊？今天下午選三好生。」

「選吧！反正也沒有我的份兒。」王府井說。

「喲！可不能這麼說。王府井，你這段時間挺有進步的。」說著，麻雀掰著手指頭開始「歷數」這些天來王府井的成績：「你看，作文受表揚了吧！電視智力競賽你給學校爭了光，還有，上課也勇敢地舉手發言……」

金豆在一旁插嘴：「對啦，你還揭露算命先生迷信騙人，宋老師都表揚你啦……」

麻雀瞪了金豆一眼。

王府井急忙說：「這是別人告訴宋老師的，我們倆絕對沒說……」

金豆也忙說：「我也沒說你受批評啊！」

「本來就沒有我的事兒！」麻雀又轉臉對王府井說：「怎麼樣？你進步挺大的吧！」

聽他們這樣一說，王府井心裡挺癢癢的，他的心動了兩動，當個三好學生是他做夢也不敢想的事兒，今天受到麻雀和金豆的鼓勵，他覺得自己似乎還有點希望，但轉念一想，這希望太小了，三好學生應該是身體好、學習好、品德好，而他的身體中等偏下，學習也是中等偏下，就是把剛才那幾項成績都算成品德好，他還差兩項呢！再說，班上比他好的同學多了，怎麼就輪到他呢！

「選幾名呀？」王府井問。

「總不能都選上吧！」金豆說。

「聽說和上學期一樣，還是選十名。」麻雀說。

王府井嘆了口氣：「唉！選二十名也輪不到我呀！沒戲唱！」

他本來還想聽聽金豆和麻雀對他的鼓勵，哪怕是安慰也好啊！

沒想到麻雀突然問：「你們倆選我嗎？」她的眼睛緊緊盯住金豆和王府井，流露出一種渴望得到支持的目光。

王府井和金豆一下子愣住了，這猝不及防的提問讓他們有點喘不過氣來。麻雀如果在班上是個優秀拔尖的學生那當然沒有問題，可麻雀的學習是中上等，體育方面也沒有什麼突出表現，而且還有點「那個」，選進前十名，似乎還差一點。

好一會兒，金豆才說：「盡力而為吧！」

麻雀又把眼睛盯住王府井：「你呢？」

「我……我……」他居然半天說不出話。因為他的腦子一時轉不過來，在他的答案裡似乎只有兩個選擇，或者回答選或者回答不選，說選吧，麻雀有點不夠；說不選吧，又說不出口。他無論如何想不出金豆那樣的答案。

幸好麻雀沒再追問，而且提出了另外一個新問題：「你們選張偉男嗎？」

金豆點點頭，王府井也點點頭，不要說選前十名，就是選前五名，張偉男也是有希望的。

麻雀突然表情嚴肅地說：「哼！選張偉男！你們全都上當啦！」

「上什麼當？」兩個人奇怪地問。

麻雀從書包裡翻出一個帶圓珠筆的微型筆記本：「你們看！這是張偉男送給我的。昨天晚上他媽媽到我們家來坐一會兒，臨走的時候說是給我的一點小禮物，我還以爲只送給我一個人，我給錢玲玲打了一個電話，她說她也得到了一個。」

看著那個和自己昨天晚上得到的一模一樣的筆記本，王府井吃了一驚。他看看金豆，金豆也點點頭。

王府井傻乎乎地說：「送就送了唄，這有什麼呀？」

「你可眞是傻冒！這樣大家就可以多投他的票！」麻雀說。

「可是他送我筆記本的時候，並沒有說選三好學生的事情啊！」王府井還是沒轉過彎來。

金豆拍拍王府井的腦袋：「你不是眞傻冒！就是假裝傻冒，反正你是傻冒！」

上午上課的時候，王府井總想著張偉男送筆記本的事情。越想越明白，越想越有氣！張偉男怎麼能這樣呢！

想了一會兒，憤怒的心情漸漸平息下來，王府井開始思考另外一個問題。張偉男經常受表揚，大家都讚揚他，因爲張偉男是個聰明的人，像送筆記本這樣的事情自己怎麼想不出來呢？是不是自己太笨了呢？是不是應該向張偉男學習呢？自己以前是不是太傻了呢？以前，做了好事誰也不知道，以後做了好事就應該讓老師知道，老師知道了才能表揚你啊！

第四節下課的時候，宋老師來到教室裡說：「同學們，今天下午班會我們要選五個優秀生，還要選五個進步生。這五個進步生可以是本學期進步最大的同學，也可以是某個方面表現突出的同學。」

王府井心中一動！他牢牢記住了「進步生」這三個字。

整整一個中午，他都在反覆回憶自己這些日子以來的「進步表現」，想來想去總覺得還差一點。

王府井走到一個十字路口準備過馬路的時候，他的腦子裡靈光一閃，想出了一個聰明的好主意。

他站在馬路一旁打量著來來往往的行人，尋找著他需要的目標。

等了一大會兒，目標終於出現了——一個老奶奶顫顫巍巍地向這裡走來，看樣子，她準備過馬路。王府井急忙跑上去，攙住老奶奶的胳膊，替老奶奶提上菜籃子：「老奶奶，我扶您過去吧！」

老奶奶臉上的皺紋展開了。感激地拍著王府井的頭。連聲說著謝謝。

把老奶奶送過馬路以後，王府井又站在路邊等。

就這樣，王府井把兩個老奶奶和一個老爺爺扶過了人行道，還推著一輛殘疾人的車過了馬路。

最後，王府井走到十字路口旁邊的交通民警的跟前，那位民警是個胖叔叔。

「民警叔叔，你剛才看見我了嗎？」王府井小聲問。

「看見了！你這孩子挺不錯！」胖警察說。

「你能給我寫一封……一封表揚信嗎？」王府井紅著臉說。

胖民警愣了一下，仔細打量著眼前這個小學生，好像沒聽清他在說什麼，他又轉過身繼續指揮車輛。

王府井覺得非常不好意思，剛要走開。那位胖民警叫住了他：「你要表揚信幹什麼？」

「我……我想當進步生……。」王府井幾乎聽不見自己的聲音。

胖民警笑了笑，隨手從筆記本上扯下一張紙：「你叫什麼名字？」

「王府井！」

警察愣了一下：「跟那條大街一個名字？」

王府井點點頭。

警察一邊笑，一邊飛快地在筆記本上寫了兩行字，然後遞給了王府井。

王府井鞠了一個躬，飛快地向學校跑去，來到沒有人的地方，他偷偷打開紙條：

你學校學生王府井在十字路口攙扶老人和殘疾人過馬路，特此表揚。

××崗民警×月×日

走進學校大門，王府井首先來到宋老師的辦公室。

「有事嗎？」宋老師問。

王府井把信放到宋老師桌上。他始終低著頭，像犯了什麼大錯誤。

宋老師看完了紙條說：「不錯！你是個好孩子。下午我要在班會的時候表揚你。」

宋老師還沒有說完，王府井飛也似的跑掉了，回到教室，他的心還在怦怦亂跳。

上課的鈴聲還沒有響，教室裡亂糟糟的，麻雀顯得十分忙亂和詭秘，她一會兒俯在這個同學耳朵邊說幾句，一會兒又趴在另一個同學肩膀做個手勢。

王府井估計痲雀在秘密宣傳張偉男送筆記本的事情。王府井轉身看看張偉男，他發現張偉男臉上的表情有點不大自然。

宋老師走進教室。大家立刻安靜下來。

宋老師什麼也沒說，拿起粉筆在黑板上寫了一行字：做一個誠實的人。

宋老師撣了撣身上的粉筆末，轉回身來。

王府井臉上有些發燒，他不敢看宋老師的眼睛，但他知道宋老師可能要表揚他了。一瞬間，他有些後悔，他突然又害怕宋老師表揚他。

宋老師默默地把教室環顧了一周，好像看看大家是不是都來齊了。

宋老師說：「下面我們開始選優秀生和進步生。大家先提名，然後我們再進行無記名投票！」

宋老師沒有表揚王府井，怎麼回事？不是剛才說好要在班會的時候表揚我嗎？王府井抬起了頭。

同學們紛紛舉手，宋老師把大家提到的名字寫上了黑板，優秀生的名字在左邊，進步生的名字在右邊，和剛才那行字一起形成足球門一樣的圖案。

王府井的眼睛緊緊盯著黑板，他多希望有人提到王府井這三個字啊！張偉男的名字已經被重複了五次，理所當然地寫在了左邊優秀生的名單裡……黑板上已經出現了十二個名字，優秀生那邊八個，進步生這邊四個。沒有王府井的名字，王府井的眼淚都快出來了。如果根本沒有進步生這個「欄目」，他會心安理得地像看場文藝節目似地欣賞著這場選舉。可是現在，他覺得他是有希望的，然而卻沒有人提他，王府井心裡酸酸的。

剛才，如果宋老師說話算數的話——在選舉之前表揚了他，他的名字很可能已經寫在黑板上了。可是宋老師忘記了那件事情，好像根本就沒有發生過一樣！

一陣忙亂之後，教室裡出現了短暫的沉默。

「還有沒有提名的？」宋老師舉著粉筆說。

沒有人發言。

王府井絕望了，他覺得這個世界太不公平！上午上學的時候，麻雀還使勁地表揚他，說他進步如何如何大，金豆還做了補充，他們現在怎麼一言不發呢？

後悔的心情沒有了，自卑的心情也沒有了，憤怒占據了王府井的整個心胸。

宋老師拿出一摞巴掌大的小紙片，分給每個同學一張：「好！大家開始寫選票，每個人只能寫五個優秀生，五個進步生。少寫了不要緊，多寫了就是廢票。」

王府井再也無法忍受了，他摸著小烏龜痛苦而又憤怒地說：「好玩！佳佳龜，一分鐘跑，一分鐘飛，還有一分鐘打瞌睡，讓他們都選我吧！」

沒有半分鐘的時間，選票寫好了，從後邊傳給了宋老師。

宋老師讓錢玲玲來到黑板前。將粉筆遞給她。宋老師念，錢玲玲負責往名字下面寫「正」字。得一票就畫一道。得了五票才能有一個「正」字出現。

「優秀生王府井。」宋老師念道。剛一念完，宋老師愣了一下。

錢玲玲看看黑板。黑板上沒有王府井的名字。

宋老師說：「補充一個王府井的名字。」於是，黑板上不但有了王府井的名字，王府井的名字下面還有了一橫道。

宋老師把這張選票又翻來覆去地看了一下，選票上只有一個王府井的名字。

「優秀生王府井。」宋老師又念了第二張選票。這張選票上還是只有一個王府井的名字，王府井下面又多了一豎道。

「優秀生王府井。」

「優秀生王府井。」

當王府井的名字下面已經有了兩個「正」字，而別的名字下面還一道也沒有的時候，宋老師覺得有點不對頭，她急忙把所有的選票翻看了一下，所有的選票上都只有六個字：「優秀生王府井。」

王府井本人也愣住了。他的本意是讓大家在進步生的選舉上給他一席之地，並沒有讓大家不選別人啊！再說他也根本沒想竄到優秀生行列裡的痴心妄想啊！這樣的結果是他萬萬沒有想到的，簡直是滑稽可笑嘛！

「這是怎麼回事？故意搗亂嗎？」宋老師舉著選票生氣地問。

大家似乎比宋老師還要驚訝：「咦！怎麼會是這樣呢！」

「你們問誰呢？這選票難道不是你們寫的嗎？」

教室裡最驚恐的是王府井本人，他知道他闖了一個大禍，但事到如今，一切都已經無法挽回了，他低著腦袋坐在那裡。同學當中只有他一個人心裡最明白。

宋老師把麻雀叫起來：「麻雀，妳剛才是怎麼寫的？」

麻雀的聲音幾乎聽不見，「我寫的是優秀生王府井。」

「妳眞的認爲王府井可以選成優秀生嗎？而且妳認爲他是全班唯一的一個優秀生嗎？」

「不是——」麻雀搖搖頭。

「那妳爲什麼這樣寫呢？」

「我——我剛才就像吃了糊塗藥，稀裡糊塗地就寫了，我也不知道是怎麼回事。」

「我們也是這樣！」麻雀還沒有說完，許多同學就響應起來。

宋老師皺了皺眉，她轉身問大家：「你們都是這樣嗎？」

「都是……」全班同學一起回答。

宋老師是最能幹最有智慧的老師，可是她怎麼也想不明白今天爲什麼會發生這樣奇怪的事情：全班同學共同寫了一個本不應該寫的名字。麻雀和同學們的解釋是不能說服人的，她百思不得其解，他們爲什麼要這樣幹呢？有什麼目的呢？只有一個原因，那就是故意搗亂，而且這個搗亂是非常齊心的，這樣的齊心是需要一個或者幾個「能幹」的組織者。

她的眼睛盯在了三個人身上，一個是王府井，一個是阿胖，一個就是張偉男。說起王府井，他倒不一定有這樣強的組織能力和威信，但全班同學都選他，說不定他知道內情。當然還有一種可能，就是大家集體拿他「尋開心」。提起阿胖，他是有名的搗蛋專家，可是阿胖從來是個「個體戶」，他在班上根本沒有這樣的威信和號召力，想到這裡，阿胖被排除在外了。宋老師的心思集中在張偉男身上，張偉男學習好，心眼多，在同學們中有一定的威信和號召力，最最重要的一點就是今天上午有好幾個同學反映張偉男給許多同學送了禮物。

想到這裡，宋老師慢慢走上講臺，用手指著她剛才在黑板上寫的那行字：做一個誠實的人。

宋老師說：「投票的事情我們等一會兒再說。下面我請幾個同學講一講，他在我們選舉之前都做了哪些事情。我希望大家都能做一個誠實的人！」

教室裡安靜下來，只有麻雀不停地向周圍的同學使著眼色。

王府井抬起頭，目光和宋老師飛快地碰撞了一下，心中立刻慌亂起來。用小烏龜「操縱」選舉的事情宋老師不可能知道，可是那「過馬路受表揚」的事情是不是引起宋老師的懷疑呢？宋老師能洞察秋毫，要不，幹麼說好了要在班上表揚他而又不表揚了呢？沒錯！宋老師說的希望大家都能做一個誠實的人，就是針對他說的！

王府井的頭快要鑽到桌子底下去了。

謝天謝地，阿胖居然站了起來：「報告宋老師，今天早晨，我看見王府

井、金豆和麻雀在校門口鬼鬼祟祟地嘀嘀咕咕地說了半天，一定是說什麼見不

得人的事情。」

宋老師搖搖頭：「不要說別人，大家都說自己。」

麻雀立刻從座位上跳起來，聲音像個哨子：「阿胖造謠——」

阿胖不愧是搗蛋大王，他不顧宋老師的阻止，繼續說：「我還看見麻雀的

手裡拿著一個筆記本。」

麻雀急不擇言：「筆記本是張偉男送的，不信你們問金豆和王府井，他們

也都有一個。」話音還未落地，所有的目光一起投向張偉男。接二連三的聲音

響起來：「我有一個……我也有一個。」

張偉男坐在那裡一動不動，臉一直紅到脖子根兒，他的脖子也不像往日那

樣精神挺拔，也沒有力量再支撐那個永遠是自信和驕傲的腦袋。

一瞬間，王府井心中湧起一陣對張偉男的同情，麻雀怎麼能這樣呢？在下面說說就行了，幹麼這樣讓人家當衆出醜。

教室裡很安靜，偶爾有一兩聲咳嗽聲尷尬地響上一下。

此刻，王府井心裡很難過，如果他沒有使用小烏龜，張偉男不會落到這麼悲慘的境地。

神差鬼使一般，王府井從座位上站了起來，把大家嚇了一跳。

大家的目光都從張偉男身上收回來，注意力轉向了這個新的目標。

王府井說：「在今天選舉之前，我做了一件錯事！爲了讓老師表揚我，我特意到馬路邊做好事，然後讓警察給我寫了表揚信，我不是個誠實的人……。」說完，王府井就坐下了，他覺得很輕鬆，他的思維有點怪異。現在，他不認爲是在承認什麼錯誤，他覺得這是見義勇爲，是爲了幫張偉男轉移目標，分擔壓力，因此在說這段話的時候，他一點沉痛感也沒有，反而非常流暢，就像在講述別人的故事……。

「哇！王府井還有這樣的心眼啊！」

「哇！王府井好狡猾啊！」

「哇！王府井是傻冒！」

拍巴掌的聲音突然響了起來，那是宋老師。

陸陸續續的，同學們也開始加入進來，於是教室裡響起一陣不大不小的掌聲。

張偉男始終沒有站起來，也沒有人再提起這件事！在宋老師的建議下，全班又開始重新選舉！這次，王府井不再提心吊膽了。

萬萬沒有料到，在優秀學生中第一次沒有了張偉男的名字，而在進步生的名單中卻多了一個王府井。

這是王府井上小學以來第一次受到這樣「高規格」的表揚。

放了學，張偉男默默地拿起書包，一聲不吭地走出門。

看著張偉男的背影，王府井感到心裡沉甸甸的。他覺得張偉男落選都是他造成的，如果他沒有當上進步生還好過一點，而現在，那種高興的心情一點也沒有了……。

第十六章 過去與未來

夜深人靜的時候，王府井打開電腦。

今天選舉的時候，他使用了佳佳龜給他最後的一次機會，據他的估計，如此的表現，今天他只能得零分。而他以前總共才有六十五分。也就是說，他沒有達到佳佳龜要求的標準。

面對這樣的結果，他不知道佳佳龜會對他說什麼，但他已經不再抱有任何希望。他只想知道佳佳龜現在還在不在聊天室裡。

他從衣兜裡拿出小烏龜，莊重地放在桌上，好像要告別的樣子。

WWW.JJG

佳佳龜聊天室出現了，畫面上的佳佳龜「爬」到了螢光幕的右上角。

王府井驚異地發現他今天的得分是十五分。

佳佳龜評語：

誠實是這個世界上最簡單也是最複雜的事情。誠實也是這個世界上最難做到的事情，因爲誠實的問題就是如何做人的問題。你今天做到了誠實，所以給你得十五分。

王府井心中一動。如果今天是十五分，加上以前得到的六十五分，佳佳龜就可以滿足他的願望——他就可以知道他的將來是幹什麼的了！

王府井手指敲著鍵盤。

王府井：謝謝你給了我十五分，我已經得到了八十分。我想知道我的將來是幹什麼的……

佳佳龜：我答應你的要求。明天中午上學之前，在街頭公園。

……

第二天中午，王府井早早吃完午飯就出了家門，來到了街頭公園，他鑽進了小樹林裡面，就是他經常光顧的那個「秘密營地」。

王府井迫不及待地拿出小烏龜，恭敬地捧在手裡：「好玩！佳佳龜，一分鐘跑，一分鐘飛，還有一分鐘打瞌睡，告訴我，我長大了，是幹什麼的？」

小烏龜沒有任何動靜。

等了好一會兒。

王府井捧起小烏龜：「小烏龜！你不守信用，你爲什麼不告訴我！」

王府井覺得身後有人在推他的肩膀，王府井急忙轉過身，後面什麼人也沒有，他只覺得頭髮根根豎起，身上布滿雞皮疙瘩，一種驚悚的感覺布滿全身。他想再轉過身來，卻像夢魘中被壓住了手腳，意識是淸醒的，但身子卻不聽自己的指揮。

過了好一會兒，王府井覺得自己的手腳可以活動了，這才轉過身來。

他聽見有人在叫他，王府井嚇了一跳，抬頭一看，只見一個衣衫襤褸的中年人站在他的面前，雖說年齡不太大，但背已經彎了：「小同學！行行好吧！給我一點錢吧！我已經兩天沒有吃飯啦！」

「哇！你怎麼要飯要到這裡來啦？」

「我對這裡很熟，我小時候經常在這裡玩。」

「你有沒有搞錯啊！你小時候？怎麼說也是幾十年前了吧！幾十年前這裡

一座房子都沒有哇！聽說這裡是個蘆葦塘，你怎麼會到這裡玩呢？」

乞丐眼睛裡露出攫取的神色：「王府井，你不認識我啦？」

「你是誰？你怎麼知道我的名字？」

「我就是長大了的王府井啊……」

此時，王府井有一種靈魂出竅的感覺，他不由自主地從口袋裡拿出一元錢……

一陣涼風夾著一片濃霧飄過來。

乞丐消失了。王府井手裡拿著一元錢呆呆地站在那裡：我長大了，原來就是一個要飯的乞丐嗎？心中掠過一陣悲哀……。

「小同學，你領我到家裡去看看好嗎？」一個聲音把王府井從沉思中喚醒過來。

王府井定睛一看，眼前站著一個西服革履的中年人，他的面孔和剛才的乞丏很相似，只是顯得年輕而富有神采。

「到我家去幹什麼？」

「你不認識我啦？」

「你是誰？」

「我就是長大了的王府井啊！」

王府井驚喜地跳起來：「你是科學家嗎？」

「對！我是一個專門治理大氣污染的科學家。」

「你到這兒來幹什麼？」

「我來看看我小的時候生活的地方呀！」

王府井欣喜地去拉科學家的手。一片眩目的陽光從樹林的縫隙中透射過來，王府井急忙閉上眼睛。再睜開的時候，科學家不見了。

王府井的面前突然出現了許許多多長得一模一樣的中年人，他們穿著不同，表情也不同，都在目不轉睛地看著王府井。

王府井驚訝地喊起來：「你們是誰？」

樹林中響起一片共鳴：「我們就是長大了的你啊……！」

王府井感到一片暈眩，他覺得腦袋裡什麼地方「忽」地亮了一下。當他再凝神打量著眼前那些未來的「自己」的時候，他看見的是一棵棵高高的白楊……。

一個王府井很熟悉的聲音在耳邊清晰地響起來：「孩子，過去已經決定了，而未來要靠我們自己的勞動來創造……。」

小樹林裡安靜極了，只有風吹樹葉的沙沙聲。

王府井覺得自己好像做了一個夢，醒來的時候，只覺得渾身都是汗水。

王府井突然發現自己上學要遲到了，這才急忙向學校跑去。

王府井氣喘吁吁地跑到教室門口，做了幾下深呼吸，定了定神，大聲喊報告！

教室裡響起了一片笑聲。

門開了，宋老師站在面前。

王府井走進教室。他驚訝地發現大家的桌上都放著一個個好玩的小玩具。小慧的桌上放著一隻可愛的塑膠小老鼠，何雪松的桌上放著一隻小黑熊，錢玲玲的桌上是一只小鬧鐘，張偉男的桌上是一個小算盤。金豆的桌子上是隻小猴子，麻雀的桌上是只小鈴鐺……。

王府井驚呆了，這不是好久以前發生的事情嗎？簡直是舊景重現！

按照事情的發展，接下來應該是宋老師從提包裡拿出小烏龜了，可是自己的口袋裡已經有了一隻小烏龜呀！

果然，宋老師從提包裡拿出一樣東西。

大家忍不住叫起來：「小烏龜——」

王府井不由得把手伸進褲兜兒——他的小烏龜沒有了。就在這一刻，王府井恍恍惚惚地記得什麼，但轉瞬就消失了，以前發生的事情他全都記不起來了。

宋老師說：「多可愛！下面我們看看哪個同學能有幸得到這個禮物？」

張偉男叫起來：「應該給王府井——」

大家一起鼓掌。

王府井從座位上站起來，他有些遲疑，他覺得小烏龜有些眼熟，腦子裡依稀想起一些事情，於是他徑直走到講臺前，從宋老師手裡接過小烏龜。

大家不笑了，也不鼓掌了，而是驚異地看著他。

王府井對著大家說：「小烏龜雖然爬得慢一些，可是牠憨厚而有耐心，鍥而不捨……，我謝謝宋老師給我的禮物！」

宋老師又驚又喜地點著頭：「這孩子今天怎麼變了……」

張之路作品集

烏龜也上網

定價：新臺幣270元

2013年4月初版

著　　者　張之路
繪　　圖　賴　馬
發 行 人　林載爵

叢書主編　黃惠鈴
叢書編輯　張蓓菁
封面設計　陳淑儀
校　　對　趙蓓芬

出版者　聯經出版事業股份有限公司
地址　台北市基隆路一段180號4樓
編輯部地址　台北市基隆路一段180號4樓
叢書主編電話　(02)87876242轉213
台北聯經書房　台北市新生南路三段94號
電話　(02)23620308
台中分公司　台中市北區健行路321號1樓
暨門市電話　(04)22371234ext.5
郵政劃撥帳戶第0100559-3號
郵撥電話　(02)23620308
印刷者　世和印製企業有限公司
總經銷　聯合發行股份有限公司
發行所　新北市新店區寶橋路235巷6弄6號2樓
電話　(02)29178022

行政院新聞局出版事業登記證局版臺業字第0130號

本書如有缺頁，破損，倒裝請寄回台北聯經書房更換。　ISBN 978-957-08-4172-5 (平裝)
聯經網址：www.linkingbooks.com.tw
電子信箱：linking@udngroup.com

國家圖書館出版品預行編目資料

烏龜也上網/張之路著．初版．臺北市．聯經．
2013年4月（民102年）．304面．14.8×21公分
（張之路作品集）

ISBN 978-957-08-4172-5（平裝）

859.6 102006533